Werner Schneyder
Das Gefährliche an der Kunst

Werner Schneyder

Das Gefährliche an der Kunst

verlegt bei Kindler

Die Deutsche Bibliothek – CIP-Einheitsaufnahme

Schneyder, Werner:
Das Gefährliche an der Kunst / Werner Schneyder
München: Kindler, 1991
ISBN 3-426-40173-8

Umschlaggestaltung und Titelfoto: Graupner & Partner, München
Satzarbeiten: Compusatz GmbH, München
Druck und Bindearbeiten: Mohndruck, Gütersloh
Printed in Germany
ISBN 3-426-40173-8

2 4 5 3 1

Inhalt

Wiedererkennen

Sie war eine gehobene Schlagersängerin, schon Chansonette zu nennen. Was man auch tat. Ihre Tourneen waren seit Jahren konstant erfolgreich. *Eine Frau, die weiß, was sie singt,* diese Formulierung tauchte in den Besprechungen der Feuilletons des öfteren auf. Sie wußte es wirklich. Sie wußte, es war Talmi.

Sie hatte einiges an echten Lieben und unechten großen Leidenschaften hinter sich gebracht, das erotische Achselzucken und das Behandeln des Nachgeschmackes waren ihr wohlvertraut. Daher konnte sie abschätzen, wie weit alles, was sie auf der Bühne von sich gab, von der Wahrheit entfernt war. Aber sie erhob für sich auch nicht den Anspruch, Wahrheiten von sich zu geben. Sie hatte nie jemanden gekannt, der sie ihr hätte schreiben können, und sie selbst hatte nie den Mut, es zu versuchen.

Sie hatte schon in der Schauspielschule den Brief an den, von dem sie dachte, er müsse der einzige bleiben, nie abgeschickt. Die Worte waren ihr zu banal. Sie wußte wirklich, was sie singt.

Vorbei waren die zwei Anfängerjahre als Provinzschauspielerin, die Zeit des hoffnungslosen Ehrgeizes, es zu schaffen. Vorbei waren die beruflichen Anfänge, wo der Rauch auf der Stimme der Karriere noch schadete. Denn der Sprechstimme hatte für die großen Emotionen – etwa im Klassiker – der Klang gefehlt, für die Koketterien des Boulevards die Leichtigkeit. Einmal aber hatte ein junger Kapellmeister die Idee gehabt, einen Liebesliederabend zusammenzustellen, hatte die Gesangsstimmen aller ambitionierten Ensemblemitglieder getestet und die ihre als besonders gut befunden.

Als sie das bemerkt und auch gesagt bekommen hatte, investierte sie einige Liebesnächte mit dem Musikus, um mehr Titel als die Kolleginnen und vor allem die schönsten zu bekommen.

So wurde der Chansonabend des Stadttheaters zu ihrem großen, persönlichen Erfolg. Der Kapellmeister und sie riskierten bald darauf einen Soloabend im *Kleinen Saal* des Konzerthauses. Auch der ging gut, es folgten Einladungen zu Firmenjubiläen und anderen Festlichkeiten, ein professionelles Management wurde erforderlich, sie hatte Glück mit der Wahl, der Manager brachte sie in Nachtsendungen und in dritten Programmen des Fernsehens unter, stellte den Kontakt zu einer erstklassigen Begleitband her, beriet sie auch in Sachen Schallplatte nicht schlecht und wollte körperlich nichts von ihr. So konnte alles seinen branchengerechten Gang gehen.

Der abgehalfterte junge Kapellmeister versuchte danach vergeblich, wieder eine Chansonsängerin zu entdecken.

An die zwanzig Jahre waren vergangen. Der ganz

große Spaß war ihr abhanden gekommen, zu sehr hingen ihr einige Lieder, die ihr Markenzeichen waren, schon zum Halse heraus. Allerdings genoß sie es immer noch, ihr schönes Foto von den Plakatwänden und Aufstellern strahlen zu sehen, vom Management vor Tourneebeginn zu erfahren, wo zweifelsfrei mit einem ausverkauften Haus gerechnet werden könne. Zudem boten ihre Tourneen dem verheirateten Freund und Erzeuger moderner Installationsgeräte Gelegenheit, sich wieder einmal intensiver um seine Familie zu kümmern oder sich eine andere Abwechslung zu gönnen, was die Chansonette auf Tourneen nur in Ausnahmefällen tat. Für One-Night-Geschichten hatte sie zuwenig Fieber und zuviel Geschmack.

Wenn es nach ihr gegangen wäre, hätte sie ausschließlich in Großstädten gastiert. Sie forderte das auch in regelmäßigen Abständen von ihrem Manager, mußte sich aber immer wieder erklären lassen, es gäbe nicht so viele Großstädte, um eine anständige und wirklich lukrative Tournee ausschließlich mit deren Terminen zustande zu bringen. Überdies würden die Fahrten, so komfortabel sie bei diesem Niveau der Tourneen auch sein konnten, zu lange dauern. Nein, erklärte der Manager, zwischen dieser und jener Großstadt müsse man die Kreisstadt und das gehobene Kurbad mitnehmen.

So kam sie erstmals in diesen Kurort am See.

Das Auto fuhr von einer Anhöhe, die den Blick auf den See freigab, in Serpentinen zum Ort hinunter. Sie bat den Fahrer, besonders langsam zu fahren. Was sie an diesem Anblick so faszinierte, war weniger der leicht eingenebelte schöne See, es war der Ort, es war die Überschaubarkeit des Ortes, begrenzt durch einen See vorne, einen Berg hinten und die Schilder »Willkommen in...« und »Auf Wiedersehen in...« Warum lebt man nicht in so einem Ort?, dachte sie.
Als sie die Uferstraße zum Hotel fuhren, lag alles sehr im Dunst, so hatte sie auch gar keine Lust, zum Strand zu bummeln, die Gefahr eines *Reizhustens* war bei derartigem Wetter immer gegeben. Sie legte sich auf das große Bett im schönen Zimmer des ersten Hotels am Platz und fand alles ziemlich sinnlos. Gewohnheitsmäßig blätterte sie in der lokalen Zeitung, entnahm dem Feuilleton mit Zufriedenheit die Feststellung, die Freunde des Chansons hätten heute abend eine kostbare Gelegenheit, war aber gleichzeitig irritiert vom Wort *Restkarten*.
Es hätte an diesem Tag des Nebels nicht bedurft, alles unklar erscheinen zu lassen, den Gang zum Kurtheater, in die Garderobe, auf die Bühne.
Licht, Sound und alles, was so zu besorgen ist, hatte ihr kleines und perfektes Team wie immer ohne sie erledigt, in der Garderobe wartete *die liebe Frau für alles* mit dem Pausentee. Als sie im ersten Teil des Programms in einem klassisch zu nennenden französischen Chanson irgendeinem untreuen Schwein

versprach, ihn demnächst auf besonders raffinierte Weise zu kastrieren, dachte sie an den Tee und freute sich darauf.
»Ist es nicht ein entzückendes Theaterchen?« sagte die liebe Frau für alles in der Pause. Die Chansonette trank den Tee und gestand sich ein, das Theater nicht weiter bemerkt zu haben.
Da klopfte es. Sie sagte: »Herein!«
Die Tür ging auf. Im Rahmen stand, ohne die Klinke loszulassen, ein Mann ihres Alters, von unspezifischem Äußeren, mittelgroß, vielleicht drei bis vier Kilo zu schwer, das blonde Haar in den Ecken schon etwas durchsichtig, für den Chansonabend korrekt gekleidet, nicht zu elegant, aber auch nicht zu alltäglich.
»Ich hoffe, ich störe dich nicht in der wohlverdienten Pause«, sagte er. »Ich geh auch gleich wieder, ich wollte dir nur guten Abend sagen.«
Sein Blick war herzlich, aber scheu. Er schien weniger Angst zu haben zu stören, als nicht erkannt zu werden.
»Ja, grüß dich«, erwiderte sie in derselben Sekunde. »Schön, dich zu sehen, du störst mich überhaupt nicht, es geht nur bald...«
»Ich bin sofort wieder dahin«, sagte er. »Es freut mich nur, daß es dir so gut geht. Du hast wirklich eine schöne Karriere gemacht.«
»Danke, es geht. Und du? Was machst du?«
Sie hatte keine Ahnung, wer der Mann war. Aber er

kam ihr immerhin so bekannt vor, daß sie es sich nicht leisten wollte, sich zu blamieren, sie wußte, irgendwo hatte sie den Menschen schon gesehen und auch gesprochen, aber wo, in welchem Zusammenhang, das war jetzt absolut nicht abrufbar.
»Ich bin jetzt Prokurist bei der Sparkasse«, sagte er. »Das war der richtige Entschluß damals, du warst ja, wenn ich mich richtig erinnere, auch dafür. Du hast mir dazu geraten.«
»Hab ich das?« fragte sie. Es wurde ihr immer unbehaglicher. Nichts fiel ihr ein. Möchten Sie mir nicht sagen, wer Sie sind? wollte sie sagen, brachte es aber nicht heraus. Sie sagte nur: »Bleib doch nicht in der Tür stehen«, und während er ein klein wenig in den Raum trat: »Und sonst? Privat alles in Ordnung?«
»Ja«, sagte er mit leichtem Lachen. »Aber Ehe scheint keine Dauerlösung zu sein. Du?«
»Ich? Ich bin solo, ein Single.«
»Du warst schon immer fürs Unabhängige.«
»Das weißt du noch?«
»Ich weiß eigentlich so ziemlich alles aus der Zeit.«
»Find ich toll.«
Sie war am Ende ihrer Kraft, am Rande der Hysterie. Das ist doch nicht möglich, dachte sie, da kennst du den von irgendwoher und hast doch keine blasse Ahnung.
Sie griff hektisch zum Tee. Zugleich ertönte das erste Zeichen zum Pausenende.
»Du mußt dich konzentrieren«, sagte er.
»Na ja, so langsam.«

»Ich hab mich wahnsinnig gefreut, dich wiederzusehen, nach all den Jahren, ich hoffe, du bist nicht bös, daß ich hereingeplatzt bin, aber ich hab mir gedacht, wenn du schon einmal in diesem Nest bist, muß ich dir doch guten Abend sagen.«

»Unbedingt«, sagte sie. »Ich hab mich auch wahnsinnig gefreut.«

Er zog sich zurück. »Und toi, toi, toi! für den zweiten Teil!«

»Wird schon schiefgehen.«

Er war weg. Sie war total durcheinander. Der lieben Frau für alles erzählte sie von ihrer Ahnungslosigkeit, wer das gewesen sein könnte, auch den Begleitmusikern am Gang vor dem Wiederauftritt, und alle versicherten, das zu kennen, das sei furchtbar, da könnte man aus der Haut fahren, wenn man mit einem redet und nicht weiß, mit wem, und es nicht zugeben möchte, furchtbar sei das. Quälend.

Die Chansonette suchte im zweiten Teil des Programms den Kopf des Mannes in den ersten beiden Reihen, in denen sie die Gesichter noch unterscheiden konnte. Da saß er aber nicht. Das Problem ging ihr nicht aus dem Hirn. Sie wollte es unbedingt lösen, was die Konzentration auf ihre Nummern etwas erschwerte. Zwei Tage später stand im *Bäderboten* – was sie nie erfuhr, denn wer beschafft sich schon den *Bäderboten*, um zu erfahren, was der befunden hatte – »souveräne Bühnenpräsenz, von minimalen Konzentrationsfehlern nicht beeinträchtigt«.

Da sie repertoiremäßig auch viel von erotischen Begegnungen, Liebesnächten und unwiderruflichen Abschieden sang, versuchte sie, den Mann aus der Garderobentür in eine derartige Situation ihres Lebens zu projizieren.
Vergeblich, er paßte nirgendshin.
Tagelang war ihr die Tournee vermiest. Sie ging sich und allen anderen auf die Nerven, weil sie das Thema: *Wer könnte das gewesen sein?* immer wieder ansprach.
Dann folgte das Gastspiel in einer der großen Städte, zu dem der Freund wieder einmal nachgeflogen kam, und die Qual der Unbeantwortbarkeit der Frage nach dem Kennen des Garderobengastes verblaßte gegenüber dem Gefühl, von der Anwesenheit des Freundes behelligt und belästigt zu werden.

Es vergingen einige Jahre. Die Chansonette hatte mit ihren alljährlichen Tourneen aufgehört. Finanziell waren sie nicht mehr notwendig. Die Einzelauftritte bei Firmengalas reichten, um nie auf das nicht unbeträchtliche Ersparte zurückgreifen zu müssen und dennoch vom Freund gänzlich unabhängig zu sein. Künstlerisch hatte sich ihre Unlust an dem ständigen Wiederholen des Tourneerituals verstärkt, da Stillstand in der Karriere langsam, aber sicher als Rückschritt erscheint, minimales Nachlassen des Publikumszuspruches als Vorbote zu vermeidenden Desasters. Sie hatte das in dem Gespräch mit dem

Manager aufs Tapet gebracht. Der widersprach zwar eine Zeitlang, denn an Prozenten wäre bei Tourneen für ihn immer noch einiges *drin gewesen*, ihre Bestimmtheit veranlaßte ihn jedoch, nachzugeben und das Unternehmen umzubauen.
Er wollte die Klientin nicht verlieren, mit den Industriegalas war sicher noch zehn Jahre gutes Geld zu machen.
Eines Tages hatte sie in einer der trostlosesten Städte des Industriereviers bei einer Veranstaltung der Landesbank für die Herren der Direktionsetagen und deren ausgewählte Kunden aufzutreten. Es war nicht ihr Tag. Sie fühlte sich unwohl, fand das Hotel unter jeder Sau, der am Telefon zur Rechenschaft gezogene Manager beteuerte, es gäbe, das müsse sie doch von den Tourneen her wissen, nichts Besseres in dieser Stadt.
Sie mußte widerwillig eine kleine Probe machen, da sie kein ständiges Ensemble mehr hatte und das auf Trio reduzierte ehemalige Quintett des öfteren – so auch diesmal – einen Einspringer einproben mußte. Sie meinte, der neue Schlagzeuger sei unsensibel, und der Klang überhaupt scheußlich, tat dem jungen Mann aber unrecht. Es war die reine Hysterie. Zudem hörte sie schon während der kleinen Probe aus den Nebenräumen des für die Chansongala hergerichteten großen Kassenraumes der Landesbank die Geräusche des für das anschließende Galabuffet zuständigen Partyservice. Sollte sie am Abend, wäh-

rend des Gesanges, das leiseste Tellerklappern hören, ginge sie von der Bühne, ließ sie die sinnlos herumstehenden Schranzen der Landesbank wissen.
Dann ging sie ins Hotelzimmer und weinte ein wenig.
Ihr Auftritt sollte zwischen Aperitif und Galadiner stattfinden, davor, so wurde ihr mitgeteilt, würde der Chef des Hauses eine kleine Ansprache halten. Kurze Zeit vor ihrem Auftritt kam der Pressechef der Landesbank in die improvisierte Garderobe – man hatte ein Schulungszimmer der Bank für den Gast hergerichtet und sich tausendmal entschuldigt, über nichts Geeigneteres zu verfügen – und kündigte an, der Gastgeber, der Direktor der Bank, möchte seinen Star persönlich begrüßen.
Der Direktor kam herein.
»Ich freu mich, daß der Termin geklappt hat.« Er küßte sie auf beide Wangen und strahlte sie an. Er war es. Und diesmal wußte sie nicht nur, das ist der Mann, der da vor einigen Jahren in der Garderobentür gestanden war, diesmal wußte sie auch die Vergangenheit, das Woher.
Der da vor ihr stand, beantwortete ihr die Frage, die sie sich immer wieder gestellt hatte, beim Schminken, bei Interviews, beim Lesen der Bankpost: Was ist eigentlich Karriere? Der da vor ihr stand, verkörperte Karriere, er war die Antwort auf die Frage. Er war die Einlösung eines Vorhabens. *Er war Karriere.*
Bilder aus jener Zeit tauchten auf, als er davon gesprochen hatte.

Damals hatte am Stadttheater ein junger zweiter Bariton versucht, erster zu werden, hatte in der Kantine immer wissen wollen, wie man ihn in den ihm anvertrauten kleinen Partien gefunden hätte. Jetzt sah sie ihn ganz genau als Bauernburschen im *Bajazzo* vor sich, hörte die kehlige kleine Stimme, sah sich an einer Theke, ihm gegenüber, und hörte sich sagen: »Wenn du es nicht schaffst, ist ja nichts passiert, mit deiner abgeschlossenen Banklehre kannst du immer auf eigenen Füßen stehen.«

»Weißt du«, sagte der Direktor, »das ist heute gesellschaftlich mein erster wichtiger Abend als Chef hier, meine Mitarbeiter und die Agentur wollten mir was weiß ich wen verkaufen, aber ich hatte mir geschworen, wenn ich meinen ersten Empfang gebe, dann mußt du auftreten.«

»Das finde ich wirklich entzückend von dir.« Sie fühlte sich plötzlich wohl und geborgen.

Es rann ihr geradezu herunter, als sie den Direktor am Ende seiner kurzen und eleganten Begrüßungsansprache sagen hörte, es wäre ihm ein besonderes Vergnügen, seinen Gästen nicht nur eine der ganz großen Künstlerinnen des Genres Chanson bieten zu können, sondern gleichzeitig auch eine liebe Freundin, ja, wenn man es genau nähme, eine Frau, die einmal seine Kollegin gewesen sei.

Die betuchte, weiblich schwach durchsetzte Herrengesellschaft nahm die halbstündige Show der Chansonette begeistert auf, man überreichte ihr teuerste

Blumen, beim Diner war sie Tischdame des Bankdirektors, und da der eine oder andere wichtige Gast seine *Dame* mitgebracht hatte, bot sich die Frage nach *der* oder *einer* Frau des Bankdirektors an.
»Die habe ich für immer im Kurort gelassen«, erzählte der Bankdirektor. »Als ich damals zu dir in die Garderobe gekommen bin, ja schon vorher, als ich dich auf der Bühne gesehen habe, hab ich gewußt, mit dem, was da zu Hause auf mich wartet, oder auch nicht, kann es nicht weitergehen.«
Es wurde reichlich Champagner getrunken.
Die Chansonette beantwortete versiert und an diesem Abend wieder einmal mit Freude die Fragen der Direktoren nach den Schönheiten und Schwierigkeiten des Berufes der *Frau, die weiß, was sie singt.*
Der Bankdirektor bat es sich aus, seine Künstlerin persönlich ins Hotel zu bringen, bewies Stil, machte keinen einschlägigen Vorschlag, sagte sich lediglich zu einem Frühstück an.
Beim Einschlafen fiel der Chansonette das Lied *Florenz hat schöne Frauen* ein, sie erinnerte sich an einen jungen Mann, der sich verzweifelt bemühte, *Boccaccio* zu sein, und fand, jetzt wirke er wesentlich besser.
Wenn der Mann auf die Idee käme, dachte die Chansonette, dann wäre das eine tadellose Gelegenheit, abzuspringen und den Blödsinn mit der Singerei endlich seinzulassen.

Sie stand des Morgens etwas früher als nötig auf und machte konzentriert eine erstklassige Toilette.

Der Bankdirektor hatte nicht viel Zeit für eine Hochzeitsreise. Ein Wochenende im Traumhotel auf der berühmten Insel mußte reichen. Als das Paar beim Kerzenschein an den Schalentieren sog und zwischendurch manches liebe Wort fallenließ, sagte der Bankdirektor:
»Ich habe dir nie vergessen, daß du mich damals, als ich in die Garderobe gekommen bin, sofort erkannt hast. Ich hab mir vorher gedacht, es ist doch lange her, wer weiß, vielleicht kennt sie dich gar nicht mehr, aber du bist so auf mich zugekommen, hast dich so gefreut, warst so herzlich, wahrscheinlich hat es damals bei mir schon eingeschlagen.«
»Sofort habe ich dich damals erkannt«, sagte sie. »Bevor du noch den Mund aufgemacht hast, *in* der Sekunde!«

Das Selbstmordmotiv

Wahrscheinlich wäre der Talentierte heute Direktor eines Theaters, dessen Größe und Bedeutung wir nicht einschätzen können, da die Theaterkarriere des Talentierten eben nicht stattgefunden hat. Schuld an der nicht stattgefundenen Theaterkarriere, *schuld* im positiven Sinne oder nicht, auch das muß offenbleiben, war die Begegnung des Talentierten mit seinem Mentor. Heute noch denkt der Talentierte, in der Eisenbahn an einer Mittelstadt vorbeifahrend, ich könnte durchaus der Direktor des diesem Bahnhof zugeordneten Theaters sein.

Der Talentierte traf den Mentor zum Mittagessen im Restaurant des ersten Hotels der Industriestadt, in der der Talentierte zur Zeit sein Geld verdiente. Er konnte beim Gang zum Hotel vor Aufregung keinen klaren Gedanken fassen: *Seinetwegen* wartete der Mentor schon im Restaurant, *seinetwegen* war er in diese Stadt gekommen, ihm, dem Talentierten, geradezu nachgereist.
Der Mentor, der es zu diesem Zeitpunkt genau besehen noch nicht war, dem wir aber, den Gang der Dinge kennend, die Bezeichnung schon zuschreiben, war ein bleicher, nervöser Mensch, der, in seiner Art zu sprechen, sich und sein Leben überholen zu wollen

schien. In seinem *Scheißjob* hätte er nicht häufig Gelegenheit zu angenehmen Begegnungen mit jungen Menschen, meist wäre er dazu verurteilt, sich mit dem Apparat, der Administration und der Programmdirektion, herumzuquälen, ein Kennenlernen eines talentierten Menschen, ein kreatives Gespräch, das, worauf er, der doch von der Kunst, der Theaterpraxis käme, so großen Wert legte, das gäbe es wohl allzu selten, aber – erfreulicherweise – eben heute, hier und jetzt.

Er sei seinem Freund, dem großen Satiriker, für den Hinweis, den Tip, die Empfehlung, sehr dankbar, er nehme Empfehlungen und Ratschläge seines Freundes, des großen Satirikers, sehr ernst, wie die Verabredung, die Anreise, die Anwesenheit doch irgendwie bewiesen.

Der Mentor war Leiter der Abteilung Fernsehspiel des größten nationalen Fernsehsenders und hatte für bereits bestehende Projekte Drehbuchaufträge zu vergeben. Er beteuerte, darüber hinaus, in der Folge, für jede neue, originale Idee offen zu sein, nur die bis dato mißlungene Autorensuche für die bestehenden Projekte zwinge zur Konzentration. Für den einen Stoff gäbe es schon ein ausbezahltes Drehbuch, aber mit dem wolle er den Talentierten gar nicht behelligen, das würde ihn nur auf eine falsche Fährte locken oder ihm den grandiosen Stoff eher verdächtig machen. Er könne sich absolut vorstellen, daß der Talentierte einen ganz persönlichen Zugang zu diesem Stoff fände, die Empfehlung seines Freundes, des großen Satirikers, deute sehr darauf hin, und wenn der sich so exponierte, dann müsse was dran sein. Ja, und der erste Eindruck schiene ihm, dem Mentor, die Empfehlung schon voll und ganz zu bestätigen.

Der Mentor bestellte Rehrücken und bat um die Erlaubnis, weißen Wein dazu trinken zu dürfen, weil er nach einem kräftigen Roten, und nur der wäre zum Wild sinnvoll, für gewöhnlich Migräneanfälle bekäme.

Der Talentierte hatte noch nicht viel gesagt, hatte durch kleine Einwürfe höchste Aufmerksamkeit simuliert, sich aber nur immer gefragt, ob sein Schweigen auf Dauer das Vertrauen des Mentors fördern oder verringern würde. Erwartete der Mentor den Redefluß unterbrechende, ausführliche Gegenfragen, oder würde er die als Eingeständnis von Unsicherheit empfinden?

Der Talentierte schloß sich der Bestellung des Mentors an und wehrte dessen »Aber wegen mir müssen Sie doch keinen Weißwein trinken!« mit der Unwahrheit ab, er hätte ihn viel lieber.

»Ja«, wiederholte der Mentor, die Orangenscheibe angeekelt vom Fleisch schiebend, »was ich jetzt in erster Linie benötige, schließlich sind schon Verträge unterzeichnet, ist die filmische Aufbereitung eines im Milieu des Provinztheaters angesiedelten Gesellschaftsromans aus dem 19. Jahrhundert. Dieser Roman weist derart stupende Parallelen zur Gegenwart auf, vor allem in der Gegenüberstellung der sogenannten Gesellschaft und des Theatervolkes, daß die Übertragung in die Gegenwart geradezu zwingend ist, so reizvoll wie schwierig.«

Denn, und jetzt schien der Mentor bei seinem eigentlichen Anliegen anzukommen, der Stoff hätte, wie der Talentierte schon bei der ersten Lektüre bemerken würde, ein kardinales Problem, das Selbstmordmotiv des jungen Helden, eines dem bürgerlichen Bildungsgang entronnenen jungen, hochtalentierten Schauspielers. Das Selbstmordmotiv in der Romanvorlage, führte der Mentor aus, sei eine blöde Eifersuchtstragödie, eine erotische Depression, was den ganzen Stoff, ob in die Gegenwart übertragen oder nicht, abwerte. Die Herausforderung für den Bearbeiter müsse sein, den Selbstmord des Helden heutig zu motivieren.

Jetzt hatte der Talentierte – man war beim Apfelstrudel – das starke Gefühl, dran zu sein, hatte er doch bei der zusammenfassenden Schilderung des Typus des Romanhelden das beklemmende oder auch amüsierte Gefühl, selbst gemeint sein zu können, verspürte er beim Thema Selbstmord doch eine ausgewachsene Kompetenz. Er entwickelte, bei zunehmender Begeisterung des Mentors, eine Reihe tödlicher psychologischer Motive für einen jungen Menschen, wie er selbst einer sein könnte. Viel wußte er zu erzählen von Isolation in einer anonymen Stadt, von berufli-

cher und existenzieller Sinnkrise vor und in einer Welt des provinziellen Unverstandes.
Bei Kaffee und Kognak sagte der Mentor, genau diese Sensibilität sei seinem Freund, dem großen Satiriker, am Talentierten aufgefallen. Dann begann er von seinem Verhältnis zu diesem Freund, dem großen Satiriker, zu erzählen:
»Der ist einmal *mein* Mentor gewesen«, sagte er. »Er hat mir zu Zeiten des experimentellen Theaters, ich war damals eine junge Hoffnung der Regie, die besten literarischen und sonstigen Tips gegeben, ja, ich kann sagen, ich verdanke meine Karriere im wesentlichen meinem Freund, dem großen Satiriker.«
Später, als man alle organisatorischen Dinge auf die unkomplizierteste Art besprochen hatte – der Talentierte hatte das Gefühl, sich auf den Mentor völlig verlassen zu können –, landeten die Soli des Mentors im Anekdotischen, etwa bei der Erwähnung, er habe einmal die Freundin seines Freundes, des großen Satirikers, geheiratet, was aber nur kurz zur Trübung der Beziehung führen konnte.
Der Talentierte wollte wissen, in welcher Form der große Satiriker die Empfehlung abgegeben hätte.
Es wäre in einschlägiger Runde über die Probleme der Fernsehdramatik diskutiert worden, und wie er, der Mentor, sein Klagelied über die fehlenden jungen Talente gesungen hätte, wäre er von seinem Freund, dem großen Satiriker, eben wieder einmal mit einem

Hinweis, einem Namen, einem Vorschlag belehrt worden. Der Talentierte meinte aus dieser Schilderung herauszuhören, der Mentor könne es sich irgendwie nicht leisten, auf seinen Freund, den großen Satiriker, nicht zu hören, und eine sehr beiläufige Zwischenbemerkung wie »... sonst sagt er wieder zu meiner Frau, ich lasse mir nichts sagen...« deutete in diese Richtung.

Die erste und tatsächlich folgenreiche Begegnung mit dem Mentor wurde durch die Sachzwänge des Fahrplanes der Eisenbahn beendet.

Der Talentierte ging taumelig in Richtung seines Arbeitsplatzes in der Dramaturgie der *Städtischen Bühnen*. Hinter der Erinnerung an die eben beendete erste Begegnung mit dem Mentor tauchte übermächtig die an die mit dem großen Satiriker auf, hatte sie doch eben erst ihre möglicherweise lebensentscheidende Bedeutung erlangt.

Es war noch nicht so lange her, daß der große Satiriker auf seiner Gastspielreise im Schauspielhaus auch dieser Städtischen Bühne gastierte. Der große Satiriker, ein nach Ansicht des Talentierten zu Recht hochgerühmter Könner, hatte die Gewohnheit, sich nach seinen Vorlesungen mit – wie er liebenswürdigerweise immer sagte – *Kollegen* zu umgeben, sich mit einer an seinen politischen und künstlerischen Enthüllungen oder auch nur seiner Nähe interessierten Tischrunde in den Schlaf zu trinken. Heute noch

erzählen in vielen Städten dort immer noch berufstätige *Kollegen*, wie sie den großen Satiriker durch den Park getragen, durch das Hotelfoyer geschoben und im Lift abgestellt haben.
In dieser scheußlichen Industriestadt war es der Talentierte, der nach dem Gastspiel des großen Satirikers als letzter für Stützdienste zur Verfügung stand. Diese waren aber diesmal nicht so sehr gefordert wie schlichte Wegweisung. Zum Hotel zu gelangen war nämlich weniger das Problem, als es überhaupt zu finden. Der Nebel hatte wieder einmal alles unsichtbar gemacht.
Die beiden Männer staksten betrunken durch das Ungefähre, die Richtung mehrfach diskutierend und wieder ändernd. Sie hatten Zeit, ihr Gespräch zu vertiefen. Der große Satiriker hatte im Lokal schon die meisten seiner Geschichten erzählt und war nun auch gewillt, sich die des Talentierten anzuhören. Er hatte sofort gemerkt, daß der Talentierte ein für ihn interessanterer Gesprächspartner war als der übrige Schwanz von Prominentenbegleitern. Er, der allzeit Wert darauf legte, für ein offenes Ohr gerühmt zu werden, wußte genau zu unterscheiden, bei wem es sinnvoll war, den Eindruck zu erwecken, nicht immer nur über sich selbst sprechen zu wollen.
Der Talentierte erzählte von Stoffen, von literarischen Projekten und erzwang beim großen Satiriker eine gewisse Aufmerksamkeit. Denn der große Satiriker hatte allzeit den Ehrgeiz – deshalb sammelte er

nach seinen Auftritten auch immer die Zechkumpane um sich –, alle zu kennen und von allen gehört zu haben. Dieses umfassende Bescheidwissen über alle und alles befähigte ihn zu der Rolle, in der er sich am wohlsten fühlte, der des Empfehlers. Das war nicht nur auf dem Gebiet der Bühnenkunst und anderer Künste so, auch in den Disziplinen wie gutem Essen, Wahlergebnis und Mundhygiene.

Mag sein, daß an dem Interesse für noch unbekannte Größen auch ein gewisser kollegialer Argwohn beteiligt war.

Nahe dem Fluß fragte der große Satiriker, wie es denn ein begabter junger Mann in dieser unsäglichen, nur zu ihrem Vorteil unsichtbaren Stadt aushielte. Der Talentierte verwehrte sich gegen die Unterstellung, es hier auszuhalten, und gab an, schon mehrfach über Sprünge von der Brücke ernsthaft nachgedacht zu haben. Der große Satiriker erwiderte, derartige Situationen gut zu kennen, und empfahl, mit dem entscheidenden Sprung noch zu warten.

Irgendwann einmal war das Hotel gefunden. Als man zunächst vergeblich versuchte, den Nachtportier zu wecken, sagte der große Satiriker, er würde für den Talentierten etwas tun wollen, er wüßte schon, welchem Idioten, der starrsinnig behauptete, es gäbe keinen interessanten Nachwuchs, er wieder einmal beweisen würde, wie ahnungslos er wäre.

Als der Talentierte nach Hause wankte, dachte er nicht daran, der Nacht mit dem großen Satiriker

könnte etwas folgen. Aber er begriff, die Überlebenschance in dieser Stadt bestand in den Durchreisenden. Erst, wenn es keine Durchreisenden mehr gäbe, würde seine Lage hoffnungslos sein, erst dann. Dann müßte er springen.
Er fror erbärmlich. Er besaß zwar einen Wintermantel, trug ihn aus modischen Gründen aber nicht sehr gerne, bevorzugte einen seiner seelischen Verfassung entsprechenden literarisch-depressiven Trenchcoat. Der Herbst war kalt. Warum es trotz der Kälte soviel Nebel gab, ist leicht erklärt. Der Nebel war kein echter Nebel. Es war Industriesmog.
Wie war er in diese Stadt und deretwegen zu einem Fachwissen über Selbstmordmotive gekommen?, fragte sich der Talentierte. Diese Stadt war ein Fehlgriff, ein lebensbedrohender Irrtum. Das ist das Gefährliche am Theater, dachte er, daß es unvermeidlicherweise von einer Stadt umgeben ist. Das Herz krampfte es ihm zusammen, als er an die Stadt davor dachte, die so schön gewesen war, die sie, die Freunde und er, verspielt hatten. Nur diese Smogsiedlung ist mir geblieben, dachte der Talentierte, und wenn ich jetzt über diesen, die Stadt teilenden, feindseligen Fluß gehe, dann springe ich nur deshalb nicht, weil ich heute mit einem Durchreisenden gesprochen habe.
Das Theater war dem der Stadt zuvor zumindest gleichrangig, der Aufgabenbereich des Talentierten an diesen Städtischen Bühnen eher größer, man hätte

das neue Engagement als kleinen Karrieresprung bezeichnen können. Aber was nützt ein Karrieresprung, wenn ein Leben mit hoher Wahrscheinlichkeit in dieser Stadt vorzeitig zu enden vorhat.

Die geplatzten Träume quälten ihn, die in so peinlicher Weise geplatzten Träume.

Die Stadt davor war eine schöne, helle Kurstadt gewesen, mit Sehenswürdigkeiten, die in der klaren Luft auch zu sehen waren, mit Bürgern, die man erkennen und als feindliche Gegenwelt definieren konnte. Es gibt ja für einen jungen Menschen nichts Schöneres, als bei klarer Luft durch eine Stadt zu gehen und sich bei jedem Entgegenkommenden zu denken: Das ist auch so ein Arschloch!

Hier, in der neuen Stadt, waren die Bürger unsichtbar. Am Abend tauchten Abonnenten aus dem Nebel auf, verstellten im Theaterforum den Blick auf sich, verschwanden dann im Zuschauerraum. Im Stadtbild waren sie nicht wahrzunehmen. Man konnte sie weder frech noch feindselig betrachten. Das marterte den Talentierten.

Wie hatte man das Theater in der schönen Stadt verspielen können? Eine Intendanz war da gescheitert, die eine Ära hätte werden sollen, ein Theater der Freunde, denn man war als Clique hingekommen, als Truppe, als Verschwörung, mit dem festen Entschluß, ein Leben lang gemeinsam Theatergeschichte zu schreiben. So war man den Kulturbürgern der schönen Kurstadt gegenübergetreten. Die aber glaubten nicht daran, Theatergeschichte zu erleben. Sie forderten mit dem ablehnenden Urteil ihrer Meinungsmacher die Solidarität der Clique. Und da hatte der Talentierte zu erleiden, wie sich eine Mannschaft von Himmelsstürmern rund um einen hoffnungsvollen Jungintendanten in widerwärtige, opportunistische Intriganten auflöste. Als die Ära vorzeitig zu Ende ging, als die Verträge nicht verlängert wurden, hatte der Talentierte dankbar zu sein über das Auftauchen des Theaterleiters dieser scheußlichen Industriestadt, dankbar zu sein, daß der sagte: »Sie gehören an ein anständiges Haus.«

Und jetzt bin ich da, dachte sich der Talentierte, als er um vier Uhr morgens im Untermieterzimmer einer alten Eisenbahnerwitwe eine Milchflasche öffnete und die Kälte gierig in sich sog. Jetzt muß ich morgen die Nummer 2 der *Theaterzeitung* in die Druckerei befördern, für ein Theater trommeln, das nur akustisch wahrnehmbar ist, weil es im Nebel keiner sehen kann.
Morgen muß ich wieder in meinen Arbeitsraum gehen und versuchen, an meinem Mitarbeiter vorbeizusehen, wenn ich ihn mit einer Aufgabe betraue, denn mein Mitarbeiter ist zwar weiblich, aber so, daß man in den Fluß springen müßte.
Der Talentierte haßte sein, wie er es nannte, *schlecht besuchtes* Untermieterzimmer. Die Freundin, die in der Hauptstadt Grafik studierte, war ihm in die

schöne Kurstadt des öfteren nachgefahren, hier, in dieser Stadt, war sie erst einmal gewesen und hatte ihn im Streit verlassen. Die Stadt hatte ihr mißfallen, aber mehr noch als die Stadt die negative Einstellung des Talentierten zur Stadt und seine nicht überwundene und immer wieder beklagte Enttäuschung über das Scheitern und den Verrat in der schönen Kurstadt. Meine Depression, dachte der Talentierte beim Einschlafen abermals, ist todbringend, interessante Durchreisende können dieses Ende nur hinauszögern. Ich sehe in meiner Anwesenheit keinen Sinn. Die Komödianten sind mir fremd, ich mißtraue ihnen, ich habe die Komödianten kennengelernt, als mies habe ich sie kennengelernt, dabei waren das bessere Komödianten als diese Komödianten hier, der Theaterdirektor ist ein lächerlicher Provinztitan, kein Künstler, wie der in der Stadt davor, nicht einmal ein genauso großes Schwein, die Vorstellungen sind alle irgendwie Mittelmaß, erzwingen keinen Protest, und die Bürger kommen aus dem Nebel und verschwinden wieder. Ich hätte das Angebot annehmen sollen, im vom Theaterpersonal bevölkerten Theaterhaus ein Zimmer zu nehmen, zwar kann man unter Chorsängerfamilien den Selbstmord auf Dauer nicht vermeiden, aber es hätte in diesem Theaterhaus wahrscheinlich auch Tänzerinnen gegeben, oder Töchter von alten Chorsängerinnen. Ich werde meine Gedanken, die ich täglich habe, wenn ich vom Theater kommend den Fluß überquere, *Brückenge-*

danken nennen, ich werde sie dem großen Satiriker schicken, dann wird er nicht mehr so blöd fragen, wie ich es in dieser Stadt hier aushielte.
Die Brückengedanken könnten ein Gedichtzyklus werden oder sich zum Monodram eines Talentierten steigern, der zum Schluß von der Brücke springt. Das wäre jedenfalls etwas für das *Kleine Haus*, aber mit dem Vollidioten von Intendant wird wohl nicht zu reden sein.
Wie die meisten Selbstmörder, die keine sind, dichtete der Talentierte. Wobei es nicht leicht ist, die Formulierung *die keine sind* einfach so hinzuschreiben, denn auf diesem Gebiet ist es schon zu bemerkenswerten Fehleinschätzungen gekommen.
Der Talentierte schrieb, aber er schrieb nicht kontinuierlich und auch nicht an einem Werk oder an einer Art Werk. Er schrieb anfallsweise, er notierte mehr, als er schrieb, er formulierte Ideen, literarische Absichtserklärungen.
Manchmal, wenn er mit den Theaterleuten soff, was sich auch der Einsamste gelegentlich gönnt, erzählte er in der Nacht von seinen literarischen Projekten. Immer in der Absicht, den Theaterleuten zu zeigen, er sei, auch wenn er mit ihnen söffe, keiner der Ihren. Beim Erzählen der Projekte kam es auf Grund verschiedener Zusammensetzungen der Runden zu Wiederholungen, so daß der Talentierte eine Fertigkeit im Erzählen seiner Projekte entwickelte.
Gestern habe ich sehr gut erzählt, ich habe den gro-

ßen Satiriker beeindruckt, dachte er, als er sich den löslichen Morgenkaffee ins heiße Wasser rührte. Ich habe hervorragend erzählt. Hoffentlich muß ich das Erzählte nie schreiben, denn dann bliebe wohl nur der Sprung von der Brücke.

Jetzt aber, nach dem Gespräch mit dem Mentor, mit der fremden Romanvorlage, mit dem Liefertermin, mit der Verpflichtung, einen Selbstmord zu begründen, war alles anders geworden. Der Talentierte hatte jetzt zwei Wochen Zeit, um zu sein, was zu sein er vorgegeben sich gezwungen hatte, ein Schriftsteller. Und das konnte nicht schwer sein.
Zunächst erkundigte er sich bei einem alten Spielleiter, der in seiner Vita irgendeine Filmdramaturgenstelle stehen hatte, nach Art und Wesen eines Treatments. Der, geschmeichelt, auch einmal etwas gefragt zu werden, gab ausführlich Bescheid, nicht ohne zu erzählen, welch unbedankte Mühe er sich als Geburtshelfer unbegabter Filmautoren gemacht hatte, bevor er sich endgültig für seine wahre Bestimmung, die Theaterprovinz, entschied.
Dann saß der Talentierte vor seiner Schreibmaschine, die eingestrichene, mit Hinweispfeilen und Ablaufnummern der Verschachtelung versehene Romanvorlage neben sich, und ersetzte das Selbstmordmotiv mit der Souveränität des Fachmanns. Nein, das konnte, sollte der Stoff heute spielen, wirklich nicht so stehen bleiben: der sensible Mime, die Affäre

mit der Verlobten eines hoffnungsvollen jungen Bildungsbürgers, Sieg, Heirat und dann doch der Verlust der reuig in das Bürgertum Zurückkehrenden. Nein, diese Dreiecksfarce konnte man ein wenig durchschimmern lassen, um das Stück voranzubringen, aber was den jungen Künstler am Leben verzweifeln ließ, mußte das sein, was der Talentierte auf seinem Gang über die eingenebelte Brücke immer empfunden hatte. Das war tiefer, entscheidender, zwingender.
Sinnlich erlebte der Talentierte, welche Lebensfreude es erzeugt, den Dämon lebensgefährdender Depression literarisch zu bannen und zwischendurch immer an die Verwendungsmöglichkeiten der zweiten Rate des Auftragshonorars zu denken. Das einzige, was den Talentierten gelegentlich aus der Euphorie riß, war die Lautstärke, mit der die vermietende Eisenbahnerwitwe das Wunschkonzert des Regionalsenders zu hören pflegte. Es fiel ihm nicht immer ganz leicht, die Subtilität seiner Formulierungen gegen die Information, *vor einem Vaterhaus* habe eine *Linde* gestanden, zu verteidigen.

Der Talentierte war mit der Eisenbahn in die Hauptstadt gefahren, der Intendant hatte einen Urlaubsschein gönnerhaft unterschrieben. Der Talentierte war viel zu früh angekommen, aber er wollte vor dem vereinbarten Treffen mit seinem Mentor noch ausnützen, wie sehr die telefonischen Schilderungen seiner Chancen und Aktivitäten das Interesse der Grafikstudentin neu geweckt hatten. Sie hatte ihn vom Zug abgeholt, ihn in ihre Wohnung mit- und dort gleich in das Bett genommen. Jetzt wäre er wieder so wie früher, sagte sie, nicht mehr so angestrengt trübsinnig.

Danach machte sie sich mit Tetrachlorkohlenstoff über zwei Flecken her, die von Fettspritzern eines Frankfurter-Würstchen-Paares herrührten. Der Talentierte hatte in seiner fiebrigen Verfassung im Eisenbahnabteil derartig gierig hineingebissen, daß die Fontäne auch noch die Illustrierte in Händen einer indignierten Nachbarin erreicht hatte.

Die Grafikstudentin begleitete den Talentierten in das Kaffeehaus, in dem der sich mit dem Mentor verabredet hatte. Sie wollte ihm bis zu dessen Eintreffen Gesellschaft leisten und dann verschwinden. Der Talentierte meinte, sollte die Sache klappen, sollte dem Treatmentauftrag tatsächlich der Drehbuchauftrag folgen, könnte er sich vorstellen, den verhaßten Theaterjob und die dazugehörende Stadt vorzeitig zu verlassen. »Warum sollte es nicht klappen?« fragte die Grafikstudentin.

Der Mentor kam, freundlich und fahrig, *verbat* sich das Verschwinden der Freundin des Talentierten, man hätte vor schönen Mädchen grundsätzlich keine Geheimnisse, bestellte Kaffee und Kognak und bat, ohne lange Vorreden, im Manuskript lesen zu dürfen. Während er hektisch las, vorblätterte, zurückblätterte, den Schluß und dann wieder irgendwo querlas, bemerkte die Grafikstudentin den Schweiß auf der Stirne des Talentierten und tupfte ihn mit einer Papierserviette ab.

»Das ist es«, sagte der Mentor, »das ist es, genau das, ich bin selig. So machen wir es, so und nicht anders.«

Er begann zu improvisieren, wie er diesen Film inszenieren würde, er beschrieb Bilder, simulierte Schnitte. Der Talentierte versuchte, sich alles einzuprägen, waren diese Details doch Elemente eines erst zu erstellenden Drehbuches. Nicht genug konnte der Mentor die Problemlösung loben, die Motivierung des Selbstmordes, in dieser Art sei er glaubhaft und dadurch der ganze Stoff von unglaublicher Dichte. Scherzhaft meinte er, es würde sich die Entgegennahme des einen oder anderen Preises nach Realisation wohl nicht vermeiden lassen.

Er betonte auch seine Dankbarkeit dem großen Satiriker gegenüber, dessen Tip wäre wichtig gewesen wie selten etwas.

Dann wandte sich der Mentor der Grafikstudentin zu. Er wollte wissen, wie es sich lebte mit einem jungen, talentierten Menschen, der mit höchster Wahrscheinlichkeit vor einer großen Karriere stünde, er, der Mentor, würde als Mentor jedenfalls dafür sorgen wollen.

»Warten wir's doch ab«, sagte die Grafikstudentin.

Der Talentierte meinte, er würde gern versuchen, den großen Satiriker anzurufen und ihm vom Fortgang der Dinge erzählen, erfuhr aber vom Mentor, das sei nicht möglich, der große Satiriker sei unterwegs, komme erst am Abend wieder in die Stadt. Er wisse das, habe mit ihm eine nächtliche Verabredung und würde dann schon Bericht erstatten und seine Grüße übermitteln.

Der Mentor und die Grafikstudentin brachten den Talentierten zum Bahnhof. Alle strahlten aus, ihr Leben wäre in eine wesentlich bessere Phase gekommen. Der Fernsehmann hatte seinen Autor gefunden, der Talentierte seinen Mentor und das Mädchen einen wieder zu ertragenden Freund.

Mir geht es gut, dachte der Talentierte, allein in einem Abteil. Er hatte jetzt etwa zwei Stunden Zeit, darüber nachzudenken, wie es ihm ergangen war und wie es ihm ergehen würde. Die Stadt, in die er jetzt fuhr, verlor ihren Schrecken. Die Vorstellung ihrer Unsichtbarkeit im Smog hatte nur mehr etwas Lächerliches. Dem Talentierten war, als würde er noch einmal eine schlecht gemalte und auch schon verschlissene Theaterkulisse vor sich sehen, auf die der Reißwolf schon wartet. Er begann sich Abschiedsszenen zu inszenieren. Er hüpfte auf einem Bein über die Brücke, um ihr seine Heiterkeit zu demonstrieren, er spuckte in hohem Bogen in den Fluß, genau die Welle treffend, die er anvisiert hatte. Es war kalt im Abteil. Aber so gewärmt hatte der Trenchcoat noch nie.

Das positive Lebensgefühl hielt an. Der Intendant sagte am nächsten Vormittag, der Talentierte solle versuchen, das schlecht übersetzte Lied im zweiten Akt des klassischen russischen Dramas ein wenig zu überarbeiten.

»Davon wird Ihre Scheißinszenierung auch nicht besser«, sagte der Talentierte.

Einige Zeit später erschien der Vertreter der Bühnengewerkschaft bei ihm und bedauerte, gegen diese fristlose Entlassung beim besten Willen nichts unternehmen zu können.

Dem Dialog mit dem Intendanten war nämlich noch ein Schreiduell gefolgt, an dessen Text sich der Talentierte beim besten Willen nicht mehr erinnern konnte, er wußte nur eines, er hatte sich seit Monaten nicht mehr so schwerelos gefühlt.

Er ging nach Hause, brachte der Eisenbahnerwitwe mühsam bei, daß das Zimmer mit dem kommenden Ersten wieder zu vermieten sei, versuchte die Grafikstudentin anzurufen, erreichte sie aber nicht und begann zu packen. Er gestaltete das Einpacken als Tanz. Er drehte sich um die Achse, wenn er vom Schrank zum Koffer ging, und sagte »hepp!«, wenn er den kleinen Stoß Unterhosen in seinen Reisesack segeln ließ.

Als er später die Grafikstudentin erreichte, hatte er so gut wie gepackt. Er erklärte, er würde das Drehbuch nicht in dieser Stadt schreiben müssen, in freien Stunden und in der Nacht, nein, bei ihr würde er es schreiben, und es sei die glücklichste Zeit, die sie jetzt vor sich hätten. Sie widersprach dieser Annahme nicht. Sie erzählte, der Mentor hätte am vergangenen Abend auch noch die finanziellen Auspizien der Drehbuchautorenkarriere des Talentierten in imponierenden Zahlen dargestellt. Damit war sie – und so wurde das Telefongespräch sehr lang – bei der Schilderung des Abends im Anschluß an die Verabschiedung am Bahnhof.

»Wollen Sie nicht noch mit mir etwas trinken gehen«, hatte der Mentor sie eingeladen, »man kann in dem Lokal, das ich meine, auch eine Kleinigkeit essen.«
Die Grafikstudentin war durchaus interessiert, den Mentor ihres talentierten Freundes näher kennenzulernen.
Sie fuhren mit dem Taxi.
»Ich bin froh, daß sie mir meinen Führerschein für zwei Jahre abgenommen haben«, sagte der Mentor. »Es lebt sich leichter so.«
So eine Art Lokal hatte die Grafikstudentin noch nie gesehen. Es war ein sehr schicker Laden, eigentlich ein Club, aber doch mit einer gewissen Tendenz zum Puff. Der Mentor war mit dem Milieu wohlvertraut, mit dem Wirt per du, und hatte größtes Vergnügen daran, seiner Begleiterin zu erklären, wer wer sei und wer sich hier gern mit wem träfe. Er genoß es, von anerkennenden Blicken gestreift zu werden: Eine so

junge, in der Szene unbekannte Begleitung hatten Männer hier selten zu bieten.
Der Mentor mußte sein Getränk gar nicht bestellen, er bekam eine Flasche Whisky automatisch vor sich hingestellt.
»Sie werden wahrscheinlich etwas anderes trinken wollen«, sagte er. Sie aber hatte Lust, sich auf alles, was ihr neu war, einzulassen.
»Vielleicht ein Wasser dazu, aber ich trink gerne auch einmal einen Whisky.«
Sie war sehr bald betrunken, wie sie im Telefongespräch mit dem Talentierten auch offen zugab, daher brachte sie die Begebenheiten des Abends nur mehr als einzelne Bilder, nicht mehr im Ablauf zustande.
Hinter der Theke des Lokals stand eine sehr schöne Frau, die Frau des Wirtes, mit der schien der Mentor etwas zu haben, irgendwann einmal sagte der Mentor, ob er die Telefonnummer der Grafikstudentin erfahren und an den Wirt weitergeben dürfe, der hätte Interesse, sich einmal zu melden. Die Grafikstudentin nannte die Nummer, der Mentor gab sie an den freundlich nickenden Wirt weiter, es war aber nicht ihre Nummer, sondern die der Kunstakademie.
Dann sagte der Mentor, beiden wieder nachschenkend, ob er sich etwas näher setzen dürfe, und rückte mit seinem mit rotbraunem Leder bezogenen Clubfauteuil nah heran.
»Man muß sonst so laut reden, die Musik ist ja viel zu laut, aber was ich jetzt sagen will, das soll außer Ihnen keiner hören.«

Und er begann zu erzählen, er stünde dem Talentierten nicht ganz so unkritisch gegenüber, wie es vielleicht den Anschein hätte. Vor allen Dingen habe er den Verdacht, der Talentierte könne zu suizidalen Depressionen neigen, er habe bei manchen Formulierungen des Manuskriptes fast schon Angst um den jungen Menschen verspürt.

Die Grafikstudentin schwächte ab: »Da ist bei ihm viel Koketterie dabei, wenn er herumspinnt, von wegen *es hat ohnehin alles keinen Sinn.*«

»Nein«, sagte der Mentor, »Frauen unterschätzen ganz gern die Gefahr.« Und er begann von Schwierigkeiten zu reden, die er mit seiner Gefährtin zur Zeit hätte.

Dann wurden die Erinnerungen der Grafikstudentin noch lückenhafter. Es kam ein Mann ins Lokal, der sich als der große Satiriker entpuppte, der ihr, als sie meinte, jetzt gehen zu wollen, zwischen die Schenkel griff und sagte: »Du mußt entschuldigen, ich hab mit ihm was zu reden, ich kümmere mich dann schon um dich.«

Später gab es noch eine Frau, von der sie nicht genau mehr sagen konnte, ob es die vom Mentor oder die vom großen Satiriker war, jedenfalls klatschten zwei, drei Ohrfeigen, wer sie wem verabreichte, sei ihr nicht mehr ganz bewußt.

»Ich bin dann«, beendete sie ihren Bericht, »auf die Toilette, hab mich im Spiegel gesehen, hab mir gedacht, na, du schaust aus, und bin dann einfach zum Taxistand. Mein Mantel hängt hoffentlich noch in der Garderobe.«

»Er wird vielleicht bös gewesen sein, wenn du grußlos abgedampft bist«, sagte der Talentierte.

»Ich kann mir nicht vorstellen, daß er es noch bemerkt hat.«

Das ist eine andere Liga, in der sich das alles abspielt, dachte der Talentierte, als er wieder im Zug saß. Das ist Großstadt, das ist eine extremere Lebensform, das sind andere Typen. Nur Menschen dieser Art sind in der Lage, aus einem Jungen was herauszuhören, ihn zu entdecken, zu empfehlen, zu fördern. Er war von einigem Gepäck umgeben, wie er dasaß und seiner Karriere entgegenfuhr, obwohl er seine Bücher in einer Kiste mit der Bahnpost aufgegeben hatte. In Gedanken ging er zum letzten Mal über die eingenebelte Brücke und öffnete den Zippverschluß der Hose. Das ist auch in der Realität keine schlechte Idee, dachte er, und ging auf die Zugtoilette.

Danach blätterte er in zwei Taschenbüchern, die er noch im Laden beim Bahnhof gekauft hatte. Es waren Drehbücher zweier Werke eines Meisterregisseurs. Was der Talentierte sich beim Lesen nicht bewußtmachte, es waren nicht die Bücher, nach denen die Filme gedreht worden waren, es waren die Bücher, die man an Hand der fertigen Filme dann für den Druck eingerichtet hatte.

Der Talentierte sah schon beim Einfahren des Zuges

die Grafikstudentin am Bahnsteig stehen. Auch sie nahm ihn durch das Glas wahr und lief gleich ein paar Schritte mit dem langsamer werdenden Zug mit, um den Talentierten gleich beim Aussteigen umarmen zu können.

»Ich habe die Wohnung schon umgestellt, ich hab dir einen tadellosen Schreibplatz hergerichtet.«

»Bist du beim Zeichnen nicht zu beengt?«

»Nein, das müßte so klappen.«

Von ihrer Wohnung aus rief der Talentierte im Fernsehen an, um seinem Mentor die neue Lage der Dinge zu berichten. Dessen Sekretärin bedauerte, der Chef sei zwar heute dagewesen, aber vor ungefähr zwei Stunden außer Haus gegangen. Im Vertrauen gesagt, zum Tennisspielen.

Der Talentierte wollte die Grafikstudentin überreden, mit ihm auf die Zukunft anzustoßen, sie aber sagte, sie würde das heute nur tun, wenn es auch mit Milch gestattet sei.

Am nächsten Morgen hatten die Boulevardblätter die nahezu gleichlautende Schlagzeile *Freitod im Fernsehen* und darunter den Bericht, daß man den bekannten Leiter der Abteilung Fernsehspiel in der Garderobe der Tennishalle erschossen aufgefunden hätte. Er müsse sich, meldeten die Blätter, nach Spielschluß in der Toilette eingeschlossen haben, um dann, nächtens allein, seinem Leben ein Ende zu machen, nach Plan, denn die Pistole hatte er in seinem Tenniskoffer herumgetragen. Wegen des Motivs verwies die erste Seite auf das Blattinnere, wo ziemlich unverhohlen von einer Eifersuchtstragödie die Rede war: Ein Mann, der einem anderen Mann die Frau weggenommen hatte, wurde nicht damit fertig, sie wieder an den Vorgänger, mit dem ihn seit Jahren darüber hinaus ein berufliches Abhängigkeitsverhältnis verband, zu verlieren.

»Wer weiß, ob die im Fernsehen den Film jetzt überhaupt noch machen wollen«, sagte der Talentierte, der beim Frühstück keinen Bissen hinunterbrachte. »Der Mann, der schuld dran ist, daß ich jetzt hier sitze, hier bei dir, mein Mentor, ist tot. Und *wenn* sie es wollen, glaub mir, dann müßte man das Selbstmordmotiv des Originals wieder hineinschreiben, fairerweise, weil so, wie ich das gemacht habe, ist alles doch nur gequirlte Scheiße.«

»Du kannst dir deine Überlegungen wahrscheinlich sparen.« Die Grafikstudentin lachte: »Den Stoff können die so oder so nicht mehr drehen!«

Ein paar Tage später berichtete das Wochenmagazin, man hätte unter vielen wirren tagebuchartigen Notizen in der Schreibtischlade des Leiters der Hauptabteilung Fernsehspiel einen Zettel gefunden, auf dem stand: Es ist unmöglich, einen Autor zu finden, der einen Selbstmord motivieren kann.

Die erste Probe

Der Regisseur wußte sofort, hinter diesem Angebot mußten außerordentliche, ja unglückliche Umstände stehen, sonst hätte es ihn nicht erreicht. Denn der *Altmeister der Kleinkunst* hatte sein Leben lang denselben Regisseur gehabt, seinen langjährigen Lebensgefährten, die beiden waren künstlerisch und privat ein Paar, ein Paar ohne Affären, außerhalb schlüpfriger Spekulationen.

Sie hatten bald nach dem Krieg ein kleines Theater gegründet, zunächst beide noch auf der Bühne gearbeitet, dann aber wurde der eine zum Direktor, zum Manager, zum Mentor, zum Regisseur, und der andere zum Meister. Erst noch als Primus inter pares im Ensemble, dann nur mehr mit Nebenfiguren dekoriert, schließlich – seit die Phase des »Altmeisters« begonnen hatte – als Solist.

Und jetzt plötzlich die Anfrage an einen Dritten, beim neuen Programm des Altmeisters Regie zu führen?

»Bitte behandeln Sie die Information diskret«, sagte die Dame am Telefon, »aber schwerste Herz-Kreislauf-Attacken beim Direktor haben den Arzt veranlaßt, totales Arbeitsverbot zu verhängen. Jetzt haben die Herren beraten, wer denn als Regisseur unserer neuen Produktion in Frage käme, und sie waren sich

völlig einig, das können nur Sie sein. Ich soll Ihnen von den Herren übermitteln, sie wären sehr glücklich und sehr beruhigt, wenn wir Sie gewinnen könnten.«
Die Dame, die den beiden Herren als Disponentin und Verwalterin zur Verfügung stand, sprach in jenem unimitierbar vornehmen Tonfall, den sich Damen als Mitarbeiterinnen von männlichen Paaren anzueignen pflegen.

Bevor der Regisseur sich noch nach den näheren Eigenarten des zu erarbeitenden neuen Programmes erkundigte, ging er seinen Terminkalender durch, fand dort nur ein nicht übermäßig interessantes und zudem noch nicht ganz fixiertes Angebot und äußerte daher sein grundsätzliches Interesse.

Worauf die vornehme Dame beteuerte, das würde die *Herren* in das höchste Entzücken versetzen, die Herren, die sich angesichts der Notsituation auch bewußt seien, mit der Gage besonders *großzügig* sein zu sollen.

So wurden also Gage und Termine – vorbehaltlich der letzten Stellungnahme des Regisseurs nach Erhalt des Buches – abgesprochen.

Wie sind die *Herren* – der Regisseur eignete sich den Sprachgebrauch der vornehmen Dame in Gedanken an – auf mich gekommen?, fragte er sich.

Die Antwort fiel ihm nicht schwer. Der Regisseur hatte zum einen schon mit einigen Produktionen, die stilistisch in der Nähe der literarischen Revue lagen, Erfolge gehabt, hatte sich zum anderen – immer aus

echtem Interesse – des öfteren Produktionen des Altmeisters und seines Direktors angesehen und nie versäumt, Anerkennung und Bewunderung auszusprechen. Das hatte bei den beiden Herren seinen Ruf als Könner natürlich gefestigt.
Das Buch, das mit der Eilpost eintraf, bestätigte, was die vornehme Dame schon am Telefon angedeutet hatte. Es handelte sich um ein sehr schwieriges, schönes Projekt, eine Collage aus Texten eines in seiner Bedeutung eben erst wiederentdeckten Dichters der späten Romantik mit zeitgenössischen Kommentaren und satirischen Erhellungen, von einem Mann gesprochen, gesungen, gespielt.
Schwer und reizvoll, dachte der Regisseur, aber der Altmeister kann das, und dazu fällt mir auch was ein, da bin ich sicher, ich habe natürlich keinen leichten Stand, wenn der Direktor seinen Altmeister erstmals in fremde Hände legen muß, aber ich werde das schon schaffen, ich schaff das.
Der Regisseur ging zu seiner Bücherwand, suchte ein Buch, in dem er lichtvolle Kommentare zu dem im Zentrum des Projektes stehenden Dichter zu finden hoffte, konnte sich aber nicht konzentrieren. Zu sehr beschäftigte ihn das bevorstehende psychologische Problem: die persönliche Strategie im Umgang mit den beiden Herren.
Die ganze Branche wußte, der Direktor war das geistige Oberhaupt des Unternehmens, die intellektuelle Basis, der Altmeister nur sein – wenngleich

hochbegabtes, virtuoses – Geschöpf. Der Altmeister wurde auch nie müde, in Interviews – kürzlich hatte es anläßlich einer runden Jahreszahl eine Fernsehsendung über das Theater der Herren gegeben – zu betonen, er sei, auf sich allein gestellt, hilflos, er verdanke alles der Inspiration, der Führung, der Genialität seines Direktors.
Ich muß dem Altmeister nicht nur *Inszenierer* sein, ich muß ihm, wenn sein Direktor in den Seilen hängt, auch die Autorität ersetzen, die Sicherheit geben, dachte sich der Regisseur, bevor er sich in das Studium der Sekundärliteratur über den Dichter vertiefte.

Als der Regisseur sein Engagement antrat, empfing ihn im Büro der Kleinkunstbühne die vornehme Dame, die sich nicht mehr *kriegte vor Glück*, weil alles so wunderbar geklappt hätte, und die bedauernd mitteilen mußte, die *Herren* seien zur Zeit *in Sachen Arztbesuch* unterwegs, der Direktor hätte anschließend eine *rehabilitierende Anwendung*, der Altmeister würde – mit der Bitte um Nachsicht, nicht persönlich zum Empfang anwesend gewesen zu sein – den Regisseur im Café Sowieso treffen wollen.
Bevor sich der Regisseur auf den Weg dorthin machte, ließ er die Einrichtung dieses Theaterbüros auf sich wirken. Es hatte mit ähnlichen Räumen nichts gemein, es war eine raffinierte Mischung aus modernen Zweckmöbeln und zum Teil rein dekorativem

Jugendstil, extrem geschmackvoll, aber eben an der Grenze, grenzüberschreitend war allerdings der körperliche und sprachliche Stil der vornehmen Dame. Mit der Dame hat der Architekt übertrieben, dachte der Regisseur.

Der Regisseur betrat das Café.
Der Altmeister, ein feingliedriger, eleganter Herr, sprang von einem Ecktisch auf und kam ihm durch das halbe Lokal entgegen.
»Ich bin so froh, daß Sie Zeit haben, für *ihn* ist das eine *derartige* Beruhigung, *Er* hat sofort gesagt, als wir das Furchtbare erfahren haben, Sie seien der einzige, der in Frage käme. Und ich habe *ihm* sofort recht geben müssen. *Er* hat ja einen untrüglichen Blick für Könner. Das wissen Sie ja.«
Beim letzten Satz sah der Altmeister den Regisseur forschend an. Sein Gesicht entspannte sich erst, als der Regisseur das bestätigte und ehrlichen Herzens schon häufig gemachte Komplimente wiederholte. Währenddessen taxierte er den Altmeister.
Er ist nicht jünger geworden, stellte er fest, aber wenn man weiß, wie sich diese etwas scheue Sensibilität auf der Bühne in auftrumpfendes Könnertum verwandelt, dann ist der Mann nach wie vor faszinierend.
»Haben *Sie* die Zwischentexte redigiert?« fragte der Regisseur. »Weil, ich lese da einige Autorennamen, aber die Texte sind aus einem Guß.«

»Wo denken Sie hin?« erwiderte leicht theatralisch der Altmeister. »Das macht doch *er*, ich kümmere mich doch nicht um Texte, ich spiele, was *er* mir hinlegt.«

Der Altmeister sprach vom Direktor nur per *er*, auch – wie der Regisseur noch erfahren sollte – im direkten Dialog.

Nachdem der Altmeister über den besorgniserregenden Zustand des Direktors referiert und mit Dankbarkeit entgegengenommen hatte, daß der Regisseur von Fällen zu erzählen wußte, wo konsequente Ruhe und Pause geradezu Wunder gewirkt hätten, kam man zum Künstlerischen.

»Sie müssen mir einen großen Gefallen machen«, sagte der Altmeister. »Sie müssen, bevor wir mit der Arbeit beginnen, noch einmal lange mit *ihm* reden. *Er* hat nämlich ein so hervorragendes Konzept für den Abend, das kommt natürlich auch daher, daß *er* diese Art von Literatur kennt wie kein zweiter. *Er* hat mich ja schon vor Jahren auf die Idee gebracht, mich damit zu befassen, aber damals habe ich *ihm* noch nicht geglaubt. Ich hätte wissen müssen, daß *er* recht hat mit der Annahme, unser Dichter würde in unseren Tagen wieder ganz aktuell werden. *Er* hat in den literarischen Trends ein untrügliches Gespür...«

Im wesentlichen ging das Gespräch so weiter.

Auch dieses Lokal hätte *er* vor Jahren entdeckt, weil es *ihn* in der gewissen Unpersönlichkeit und Kühle beim Arbeiten und Denken nicht störte, und den

Kaffee tränke *er* am liebsten aus einer dünnwandigen Teeschale. *Er* hätte Jahre gebraucht, um das dem Personal beizubringen.
Der Regisseur begriff, der Altmeister hatte einen Lebensinhalt: das permanente Herausstellen der Fähigkeiten seines Lebenspartners, des Direktors.
So tief sitzt das, dachte der Regisseur, eigentlich am Rande des Irrsinns, das wird ein schwerer Job. Im Grunde ist es nur zu machen, wenn ich beim Gespräch mit dem Direktor einen derartig guten Eindruck mache, daß der dem Altmeister sagt, er könne sich mir getrost ausliefern, ich würde es in seinem Sinne machen. Und dann wird's immer noch reichlich schwer werden.
Der Regisseur bekam Angst. Er reflektierte sozusagen die Panik, die vom Altmeister ausging: die Panik, das künstlerische Vorhaben könnte auf eine Art und Weise gelingen, die den Direktor als ersetzbar erscheinen ließe.

Das Büro des Direktors, hinter dem der vornehmen Dame liegend, erinnerte überhaupt nicht mehr an Theater, nur mehr an Sammlerleidenschaft von Kunstnarren.
Der Direktor saß da, die Ruine eines vordem sicherlich stattlichen, massigen Mannes, bleich, mit eingefallenen Wangen, ein Wrack.
Wie hat sich der noch ins Büro transportiert? fragte sich der Regisseur.

»Seien Sie willkommen«, begrüßte ihn der Direktor. »Ist das Hotel in Ordnung? Ich nehme an, ihr beginnt dann gleich mit der Arbeit.«
Das Sprechen strengte ihn an.
Der Altmeister merkte es und sagte: »Es geht *ihm* heute viel besser als gestern. *Er* ist auf dem besten Wege.«
»Das ist ja sehr erfreulich«, sagte der Regisseur.
Der Direktor nahm wahr, daß der Regisseur seinen Blick nicht vom Dekor lassen konnte.
»Macht Sie nervös, dieser Antiquitätenladen?«
»Was sagt *er* denn da?« rügte – gespielt belustigt – der Altmeister.
Der Direktor beachtete den Einwurf nicht und fragte den Regisseur scharf: »Finden Sie das Buch gut?«
»Ausgezeichnet.«
Der Direktor zuckte die Achseln, als wollte er sagen: lauter Verrückte.
»Sie sollten mir noch erzählen, wie Sie sich die Sache vorgestellt haben. Ich hoffe, ich kann Ihren Ideen genügen«, sagte der Regisseur.
»Unsinn«, sagte der Direktor, »da hat Ihnen *Puppo*« – er nannte den Altmeister grundsätzlich Puppo – »Unsinn erzählt. Nein, das ist Ihre Arbeit, machen Sie das nur, wie Sie meinen. Puppo soll nicht immer Unsinn reden.«
Das klang streng.
Die Strenge verfehlte ihre Wirkung nicht. Der Altmeister begann sich zu verteidigen.

»Aber *er* hat doch so großartige Einfälle gehabt –«
»Bitte geh mir nicht auf die Nerven, Puppo!«
Der Direktor schien zu müde, zu krank, um zu tun, was der Altmeister von ihm erwartete, nämlich den von diesem vorgegebenen Text zu wiederholen. Der Altmeister mußte selbst einspringen. Er begann im Raum auf und ab zu gehen und auszuführen, wie *er* sich alles vorgestellt hätte, mit dem Aufbau, dem Licht, den Verwandlungen, dem Stil der ganzen Unternehmung.
Der Regisseur hörte zu. Im Grunde war alles, was da skizziert wurde, das, was von den beiden als Arbeitsergebnis seit Jahrzehnten bekannt war, als deren Stil, als die Marke der Firma.
Langsam wuchs im Regisseur der Verdacht, die Sache könnte ganz anders aussehen, als er und die Öffentlichkeit annahmen. Es könnte so sein, daß es der Altmeister war, von dem alle künstlerischen Impulse ausgingen, daß der sie seinem Direktor, eben *ihm*, soufflierte, vielleicht ein Leben lang soufflierte hatte, bis *er* in der Lage war, alles als sein eigenes Genie darzustellen, wodurch Puppo – ist das nicht ein blöder Name? dachte sich der Regisseur – in die Lage versetzt wurde, den zu spielen, der geführt wird, der empfängt.
Es könnte sein, dachte der Regisseur, daß – und das wäre nicht unkomisch – der Direktor eine Erfindung des Altmeisters ist, eine Erfindung der Liebe. Die Proben würden das klarstellen.

Der Regisseur und der Altmeister standen einander auf der kleinen Bühne gegenüber, der Regisseur hatte das Buch in der Hand, der Altmeister benötigte keines mehr, er war schon studiert, am Bühnenrand saß gleichmütig hinter dem Flügel ein junger Pianist, ein Ephebe, auf seine Einsätze wartend.

Das Spiel begann.

Jeder Vorschlag des Regisseurs, jede Anweisung, jede Kritik am Angebot des Altmeisters wurde von diesem so kommentiert: Ja, das hätte *er* sicher auch so gemacht, das sagt *er* auch immer, das will *er* mir schon seit Jahren abgewöhnen, das hat *er* zum ersten Mal, warten Sie!, na ja, vor ungefähr zehn Jahren so gemacht...

Ich darf das nicht hören, dachte sich der Regisseur, das wird bis zur Premiere so gehen, das wird nur durchzustehen sein, wenn ich es überhöre.

Da ging eine Tür des Zuschauerraumes auf. Der Direktor kam, gestützt auf die vornehme Dame, herein und setzte sich im Dunkel in ein Fauteuil. Wortlos.

Der Regisseur sah, wie alles am Altmeister sich veränderte. Er begann schneller zu sprechen, intensiver zu proben und setzte sich nicht mehr mit ihm auseinander, sondern mit einer dritten Dimension.

»Findet *er* das gut?« fragte der Altmeister ins Dunkel.

»*Er* hat doch immer gesagt...«

Immer und immer wollte sich der Altmeister auf Gesagtes des Direktors beziehen, berufen.

Was aber spricht gegen die Annahme, dachte der Regisseur, daß der Direktor nie etwas gesagt hat? Nur immer nachgesagt, was ihm von seinem Altmeister vorgesagt wurde, um ihm die Chance zu geben, etwas zu sagen?

»Mit der Pointe drehen Sie sich jetzt ab und nehmen die klassische Position in der Flügelbeuge ein«, regte der Regisseur an.
Der Altmeister tat wie vorgeschlagen und fragte in den Zuschauerraum: »Findet *er* das gut?«
Es kam keine Antwort, aber der Regisseur wußte, er mußte einschreiten, bevor eine Antwort kommen konnte.
Laut sagte er: »Mein Lieber, ich habe Sie in allen Produktionen, die ich bisher von Ihnen gesehen habe, hier in der Beuge stehen sehen, wir sollten jetzt nicht zu diskutieren beginnen, ob das *gut* ist. Die Zeit ist zu knapp.«
Es wurde weitergearbeitet.
Doch die sich aufbauende Spannung wurde unerträglich. Der Altmeister wußte nicht mehr aus noch ein: hier seine Verpflichtung, seriös zu arbeiten, und da seine Lebensaufgabe, *ihn*, den todkranken *er*, ins Spiel zu bringen, gut aussehen zu lassen.
Da kam aus dem Dunkel das Wort: »Puppo!«
Der Altmeister ging an die Rampe.
»Was will *er*?«
»Was trägst du für Schuhe?«

»Die bequemen, die *er* mir gekauft hat für die Proben, die weichen.«

»Puppo, die solltest du bei der Premiere tragen, damit bewegst du dich so natürlich.«

Dem Regisseur war klar: Jetzt hatte der alte kranke Mann da unten den Entschluß gefaßt, seinerseits die Rituale der Abhängigkeit noch einmal durchzuspielen.

Der Regisseur ging an die Rampe. Er sagte:

»Die vielen Male, die ich den Altmeister auf der Bühne gesehen habe, hatte er immer Stiefeletten mit hohem Absatz an, die ihn noch graziler, noch eleganter machten. Wenn er sich darin unnatürlich bewegt, dann hätte das den beiden Herren schon vor zwanzig Jahren auffallen müssen. Jetzt ist es dafür zu spät.«

Der Altmeister stand reglos.

Der Regisseur wartete ab. Im Zuschauerraum versuchte der Direktor aus eigener Kraft aufzustehen.

»Hilf mir«, hörte man.

Der Regisseur schaute zum Altmeister. Dessen Blick aber wanderte zum Pianisten.

Der Ephebe stand auf, sprang in den Zuschauerraum, half dem Direktor hoch und führte ihn auf eine Art hinaus, daß der Regisseur auch diese Konstellation sofort begreifen mußte.

»Das ist ein guter Junge«, sagte der Altmeister, »ein guter Junge und ein fabelhafter Pianist. Er tut *ihm* gut, er kümmert sich sehr um *ihn*, wenn ich keine Zeit habe.«

Der Altmeister weinte.
»Können wir jetzt proben?« fragte der Regisseur.
»Ja«, sagte der Altmeister unter Tränen. »*Er* hat mir immer gesagt, auf der Probe hat dieser ganze private Quatsch nichts verloren.«

Kostüm und Maske

Wir hatten für das Finale der Show einen grandiosen Einfall. Er war zwar so alt wie wahrscheinlich das Theater, aber das hinderte uns nicht daran, ihn grandios zu finden. Der Star sollte sein Schlußlied singen, im Spot frontal zum Publikum abgehen, durch die Mitte des Vorhanges verschwinden, um dann, nachdem ein Lichtwechsel eine Illusion geschaffen hatte, mit dem Rücken voraus wieder durch einen Vorhang zu kommen – und zwar auf die *Hinterbühne*. Das Nachspiel der Show fand also *hinter* dem Vorhang statt, für das echte Publikum sichtbar, während *vor* dem Vorhang die Show sozusagen weiterging. Um diesen Effekt noch sinnlicher zu machen, hatte der Ausstatter den wunderbar gemalten Vorhang nicht zu hoch bauen lassen, über ihn hinweg waren noch Raum und Licht spürbar, das Publikum konnte ahnen, woher die Geräusche einer Vorstellung drangen, die der Star, sich auf der Hinterbühne abschminkend und umkleidend, noch einmal nachempfand.

Aber dann sagte einer bei einer Probe: »Freunde, das reicht nicht, es muß auf der imaginären Bühne hinter dem Vorhang etwas stattfinden, man muß die nächste Nummer spüren, es könnten Kunstradfahrer auf dem Hochrad sein, die wie verrückt ihre Runden drehen, da würde das Publikum dann die Bewegung der Hüte sehen oder deren Schatten am Horizont, oder noch besser: wir engagieren irgendeinen Jongleur, der uns seine Ringe und Keulen in die Lichtkegel wirft.«

Das ist gut, fanden wir alle, wir lassen über den oberen Rand des Vorhanges Ringe und Keulen tanzen.

Als der Star von der Idee erfuhr, hatte er kurz Sorge, die tanzenden Ringe und Keulen könnten von seinem Epilog zu sehr ablenken, aber wir beteuerten, Ringe und Keulen würden sozusagen nicht zu sehen sein, das beruhigte den Star, der dann auch nicht mehr wissen wollte, wozu man einen Jongleur braucht, wenn man nicht einmal sieht, was der Jongliert.

Das Betriebsbüro setzte sich mit einer Artistenagentur in Verbindung, stellte den nicht besonders schmeichelhaften Umfang dieser künstlerischen Aufgabe klar, meinte aber zu Recht, einem zur Zeit arbeitslosen Jongleur könnte der Verdienst nicht ungelegen kommen.

Dem Theater wurde auch bald ein Artist angekündigt, der sich für den Job zur Verfügung stellen wollte. Er trug einen jener wunderbaren Namen, die alle so klingen wie *Pimpinello* oder *Limettini*, war aber ein sehr alter, sehr magerer und glatzköpfiger Mann, einer, dem man einen Lebensabend gewünscht hätte, in dem er sich nicht veranlaßt sehen müßte, nicht sichtbar, hinter einem Vorhang, Keulen und Ringe in die Höhe zu werfen. Zudem sah er mit seinem allzu runden Rücken schon so bemitleidenswert aus, daß es für ihn wohl besser schien, nicht mehr körperlich sichtbar vorgeführt zu werden.

Ruhig und verständnisvoll hörte sich der Jongleur an, was man von ihm wollte, ließ sich die Musik vorspielen, zu der er seine Utensilien in die Höhe zu werfen hatte, schlug vor, bei diesem oder jenem Akzent ganz besonders hoch zu werfen, war von geradezu rührender Ambition.

Die Richtigkeit der Idee stellte sich schon bei der ersten Probe heraus. Wir sahen aus dem Zuschauerraum, wie der Star, die Bühne verlassend, die Bühne als Hinterbühne betrat und weiteragierte, während auf der anderen Seite des Vorhanges eine Ansage und ein Auftrittsapplaus erklangen, eine Showmusik losging und plötzlich über den oberen Rand des Vorhanges durch kreisende Lichter Ringe und Keulen zu fliegen begannen. Wurde die Probe vorne unterbrochen, weil dieses oder jenes zu ändern oder zu besprechen war, hörten die Ringe und Keulen zu fliegen auf. Ging die Probe weiter, flogen plötzlich wieder Keulen und Ringe. Da stand ein alter Mann hinter dem Vorhang, lauschte und begann, wenn er – ohne sich zu irren – der Ansicht war, vorne ging es weiter, zu jonglieren.

Irgendwann einmal wurde mir das zuviel. Ich ging auf die Bühne hinter den Vorhang und sagte: »Wir haben es jetzt alle gesehen, es kommt wunderbar, Sie machen das ganz präzise, und es sieht toll aus, aber

Sie müssen es nicht ununterbrochen machen, während der Probe, Sie können auch pausieren.«
»Aber wieso denn?« fragte der Jongleur. »Ich trainiere ja auch zu Hause. Bevor ich hier untätig rumstehe, jongliere ich doch lieber.«
Der Mann war kein Problem und deshalb kein Thema mehr. Über alles wurde bis zur Premiere noch gestritten, über jeden Lichtwechsel, jeden Auftritt, jeden Musikeinstieg. Nur die tanzenden Ringe und Keulen standen außer Diskussion.
Es kam der Premierenabend. Alles, was mit der Produktion zu tun hatte, versammelte sich nach und nach auf der Hinterbühne, um das Ritual des Über-die-Schulter-Spuckens zu vollführen. Da sah ich einen Mann, der zwar der war, der er war, aber eben doch nicht. Er trug einen roten glitzernden Smoking, ein Hemd mit Spitzen an den Manschetten, schwarze Lackschuhe, eine gescheitelte Perücke und war auf das sorgfältigste geschminkt. Zunächst dachte ich, ich spinne, es konnte doch nicht irgend etwas umarrangiert worden sein, in letzter Sekunde, nein, nein, es war völlig ausgeschlossen, daß der Jongleur körperlich zu sehen war. Ich wollte den Mann schon fragen, was er sich dabei gedacht hatte, sich in Kostüm und Maske zu präsentieren, aber dann hatte ich doch das Gefühl, ich könnte ihn mit dieser Frage an seine Unsichtbarkeit, an die Lächerlichkeit seines Jobs erinnern. Daher sagte ich nur: »Ein toller Smoking!« Er lächelte. Das Lächeln drückte aus: Wissen

Sie, wenn man so lange dabei ist, dann weiß man, was einem steht.
Die Show war ein grandioser Erfolg. Besonders das Nachspiel auf der Hinterbühne mit der magischen Wirkung einer weiterlaufenden Vorstellung auf der anderen Seite des Vorhanges. Die Ringe und die Keulen tanzten, und keiner konnte sich fragen: wieso? – Es mußte so sein.
Als nach der Vorstellung die allgemeine Gratulationscour stattfand, fühlte ich mich verpflichtet, den abseits stehenden Jongleur, auf dessen Gesicht der Schweiß die Schminke etwas derangiert hatte, einzubeziehen.
»War Spitze«, sagte ich, »gratuliere!«, und dann ritt mich doch der Teufel. »Sie machen Kostüm und Maske wohl nur für die Premiere, bei den kommenden Vorstellungen –«
Er unterbrach mich sanft, aber bestimmt.
»Aber mein Herr, Vorstellung ist Vorstellung. Ich kann nicht jonglieren, wenn ich nicht mein Kostüm habe, mir würde alles herunterfallen.«
»Ich verstehe«, sagte ich.
Das war damals noch gelogen.
Heute weiß ich, daß die Burschen, die über einen braunen Slip oder eine rotgrünkarierte Boxerhose den schwarzen Smoking anziehen, von der Kunst nicht annähernd soviel wissen wie dieser *Zampolino* oder *Flattolatti* oder so ähnlich.
Nicht annähernd.

Ein Ehrenmann

Eines Novembermorgens läutete um sieben Uhr früh beim Dichter das Telefon. Die Frauenärztin war am Apparat.

»Wissen Sie schon«, sagte sie, »nein, Sie können es ja noch gar nicht wissen, ich möchte nur nicht, daß Sie es in der Zeitung lesen. Er ist verhaftet worden.«

Der Dichter fragte verglast zurück: »Wer?«, wußte aber im selben Augenblick, es konnte nur sein Freund, der Croupier, gemeint sein.

Der Dichter sprang aus dem Bett, verfing sich mit einem Fuß in der Telefonschnur, fiel erst mal ordentlich hin, bevor er sich rasch anzuziehen begann, soweit das für den Weg zum Zeitungskiosk nötig war.

Der Film seiner Freundschaft mit dem Croupier lief in seinem Kopf ab. Aber ungeordnet sprunghaft. Daher sollte man versuchen, chronologisch vorzugehen.

Man kann das Ganze nicht wirklich begreifen, wenn man die damalige Situation des Dichters nicht kennt, die zum großen *Mensch, ärgere dich nicht*-Turnier geführt hatte.

Damals, das war die Zeit, als es dem Dichter nicht so besonders gut ging. Sein Lyrikband war zwar gelobt worden, das lokale Feuilleton sprach von *einer der wesentlichsten Stimmen der jungen Literatur*, aber wie das mit Gedichten oft so ist, der Dichter hätte einige von ihnen gerne längst schon wieder ausradiert. Seine Angst, gerade die schlechten Gedichte könnten gelesen werden, war aber unbegründet. Denn der Lyrikband wurde überhaupt nicht gelesen. Er wurde auch nicht gekauft, was bekanntlich nicht immer identisch ist.

Da der Dichter einerseits in einer Selbstfindungsphase war, die es ihm verbot, sich um profane Verdienstmöglichkeiten wie etwa das Verfassen von Werbereimen für Bierfilze zu kümmern, er andererseits aber für keine seiner literarischen Vorhaben einen Vorschuß auftrieb, ging es ihm schlecht. Die für seine Garconniere erforderliche Miete zahlte er pünktlich, denn die wurde per Bankauftrag monatlich vom Konto überwiesen. Das Problem war das Konto.

Nun gehen Verzweiflung und Heiterkeit häufig Hand in Hand. Der Dichter schien seine Lage zu genießen, er kostete sie aus. Was die Leute im Künstlercafé, die Schauspieler vom Stadttheater, die Architekten, die Grafiker nicht wissen konnten, irgendwo in diesem Land stand eine Villa, und die würde er, der mittellose Dichter, irgendwann einmal erben. Hinter seinen augenblicklichen Schwierigkeiten konnte also keine existenzielle Panik lauern.

Nicht gut ging es dem Dichter auch in geschlechtlichen Angelegenheiten. Er lebte zu dieser Zeit geradezu in dem Wahn, nur auf Frauen abzufahren, die vergeben waren. Seine Lieblingsposition war die des hoffnungslosen Dritten, was sich in der Regel auf Lyrik nicht so schlecht auswirkt. Aber der Dichter war zur Zeit so unruhig, daß auch Liebesgedichte und erotische Haßgesänge nicht zustande kamen.

Nun kann das ständige Herumsitzen im Kaffeehaus peinlich werden. Ein sensibler Mensch, der der Dichter fraglos war, beginnt sich irgendwann einmal vor dem Kellner zu genieren. Daher fühlte sich der Dichter immer verpflichtet, Einfälle zu haben, Vorschläge zu machen, was man unternehmen könnte. Er regte Autoreisen zu obskuren Sportveranstaltungen an, etwa einem Turnier der Freistilringer, er organisierte Ausflüge zum Operettenfestival im altberühmten Kurort. Er machte sich in einer gewissen Clique zum Maître de plaisir.

Eines Tages hatte der Dichter die Idee, ein großes *Mensch, ärgere dich nicht*-Turnier durchzuführen. Es sollte in den damals eleganten Bridge-Räumen im ersten Stock des Kaffeehauses stattfinden, jeder Mitspieler hatte ein Nenngeld zu hinterlegen, so daß der Preis für den Sieger am Finalbrett nicht unbeträchtlich sein würde, und jeder Teilnehmer hatte – das war das wichtigste – einen Smoking, und jede Teilnehmerin ein kleines Schwarzes oder so was ähnliches anzulegen. Weiße Handschuhe für Herren waren ebenfalls obligat, die Ausstattung der Räume mit Kerzenleuchtern wurde vorgeschlagen.

Die Sprengkraft dieser Idee war enorm. Ihretwegen lernte der Dichter seinen späteren Freund, den Croupier mit dem italienischen Vornamen, kennen. Dieser war kein Italiener – sein Großvater dürfte noch einer gewesen sein –, aber sein Aussehen, sein Auftreten, seine Eleganz rechtfertigten den italienischen Namen. Er war Croupier im nahe dem Kaffeehaus gelegenen staatlichen Casino. Auch er saß fast täglich am Nachmittag im Kaffeehaus, immer in einer Runde von Croupiers, die gelegentlich von Damen durchsetzt war. Die Croupierclique und die Künstlerclique hatten überhaupt keine Querverbindung, aber da man einander als Stammgäste kannte, gab's immer freundliche Grüße und auch mal ein »Wie läuft's?«.

Der Kontakt mit den Croupiers kam wegen der Smoking-Idee zustande, denn der Dichter nahm an, den Croupiers würde es keine Mühe bereiten, all jenen, die keinen Smoking besaßen, einen zu leihen. Das war so einfach nun auch wieder nicht, aber der Croupier mit dem italienischen Namen erklärte, für sein Leben gern *Mensch, ärgere dich nicht* zu spielen und die Sache mit den Smokings in die Hand nehmen zu wollen. Er riß, zur Freude des Dichters, die Organisation des Turniers an sich.

Bevor vom Fortgang der Beziehung zwischen dem Dichter und dem Croupier erzählt werden soll, ist zu berichten: Das Turnier war ein sensationeller Erfolg. Nie in der Geschichte des Kaffeehauses wurde in den

Extraräumen soviel gelacht und gesoffen, nie in der Geschichte des Kaffeehauses Eleganz heiterer zelebriert. Alle Turnierteilnehmer standen um etwa vier Uhr früh um den Tisch der *Finalisten*, für den sich leider auch der Besitzer des Kaffeehauses qualifiziert hatte, der aber dann zum Glück nicht gewann. Umjubelte Siegerin wurde ein aus Amerika stammender junger Koloratursopran des Stadttheaters.

Jahre danach wurde im Kaffeehaus noch erwogen, diese Veranstaltung zu wiederholen. Zum Glück ergriff keiner die Initiative. Man darf die Erinnerung an unsterbliche Ereignisse nicht aufs Spiel setzen.

Nach diesem Turnier saßen der Dichter und der Croupier im Kaffeehaus des öfteren zusammen. Sie begannen eine Menge Freizeit miteinander zu verbringen. Der Croupier nahm den Dichter zu Pferderennen mit, wohin der sonst wohl nie gekommen wäre, setzte einmal sogar für ihn und gewann ihm einen kleineren Betrag, den der Dichter gut brauchen konnte.

Sie fanden Interesse aneinander, an ihrer Herkunft, ihren Denkweisen. Warum, ist leicht zu erklären.

Der Croupier war für den Dichter eine Information aus einer anderen Welt. So sagte er einmal, als sie beim Spaziergang an einem Teppichladen vorbeikamen: »Schau, ein schöner Schiras.« Ein anderes Mal erklärte er, als er am Dichter schwarze Socken bemerkte, ein Herr trüge seiner Ansicht nach schwarze Socken nur zum Smoking und bei Begräbnissen, korrekt wäre ansonsten Dunkelgrau. Er konnte den

Unterschied in der Machart von Mohair und Kammgarn unangestrengt erklären und auch begründen, warum er, wenn er einen weißen Franzosen wählte, die Weine der Loire-Gegend bevorzugte. Der Dichter, der zu Anlässen, bei denen Weine gewählt werden mußten, immer Gast des Croupiers war, hörte gut zu. Er bewunderte den Weltmann am Croupier nicht aus der Position des Provinzlers, er nahm nur bewußt die Chance wahr, sich etwas aus der begüterten Welt lehren zu lassen.
Der Croupier war, wie er erzählte, schon viel herumgekommen. Nachdem er nach dem Abitur die angesehene, als sehr schwierig bekannte Hotelfachschule absolviert hatte, war er Kellner, recht bald in leitender Funktion, also Maître, in ersten Häusern feudaler Urlaubsregionen gewesen. Warum er den Beruf gewechselt hatte, begründete er nie, und der Dichter vergaß auch, genau danach zu fragen.
Ihn faszinierte der Stil seines neuen Freundes. Der Croupier fuhr einen englischen Wagen der gehobenen Klasse, den zu fahren Manager für gewöhnlich als unvernünftig bezeichnen, da er im Verhältnis zu den deutschen Konkurrenzprodukten einfach als zu teuer gilt, aber gerade diese beiläufige Exklusivität schien der Croupier an seinem Auto zu schätzen.
Tauchte er nächtens, nach seinem Dienst im Casino, noch in einer Pinte auf, kam er immer mit dem Taxi. Sparen mußte er sichtlich nicht. Das begründete er mit dem guten Verdienst der Croupiers und mit

diversen Nebengeschäften mit Antiquitäten, von denen er eben viel verstand.

Der Croupier, um einiges älter als der Dichter, hatte ein Verhältnis mit einer wiederum ein wenig älteren Frauenärztin, bei der er auch wohnte. Die ruhige elegante Frau beteiligte sich nie an Ausflügen der beiden Männer. Zum Finale eines Tennisturnieres kam sie einmal mit, hatte aber am Ausgang der Partie kein größeres Interesse. Ihr Interesse war es, ihrem Freund ein kultiviertes Haus zu führen. Im ersten Stock einer Villa – im Parterre hatte sie ihre Praxis – gab ein mit Original-Thonetmöbeln eingerichtetes Zimmer mit verglastem Erker den Blick auf den Fluß frei. Vor dem Uferweg sah man alte Kastanienbäume, auf der anderen Seite des Flusses die schönste geschlossene Häuserzeile der Stadt.

Kultur fiel dem Dichter ein, als er vom Croupier zum ersten Mal, an dessen freiem Tag, zum Abendessen nach Hause eingeladen worden war, Kultur. Als er das Gefühl hatte, damit seine künstlerische Weltansicht an schiere bürgerliche Konvention zu verraten, vertauschte er in Gedanken das Wort Kultur mit dem Wort *Stil*.

Die Frauenärztin war eine exzellente Köchin, sie käme selten dazu, sagte sie, aber es sei ihr großes Hobby. Sie war auch eine Musikkennerin, hatte den Croupier auf diesem Gebiet weitergebildet, so daß der seinem Freund – ja, er hatte ihn bei der Frauenärztin mit den Worten: »Darf ich dir meinen Freund vorstellen?«

eingeführt – sagen konnte, er hielte diesen oder jenen für einen außergewöhnlichen Dirigenten.

Man hörte nach der Mousse Mozart.

Anzumerken wäre, daß diese Süßspeise damals noch nicht in jedermanns Repertoire war. Sollte die Frauenärztin wirklich so gewesen sein, wie sie hier dargestellt ist, und heute noch kochen, machte sie unter Garantie keine Mousse mehr.

Der Dichter verlor an diesem Abend jede Scheu, nach Art und Abkunft mancher innenarchitektonischer Preziose zu fragen, und als sich sein Blick an einem prachtvollen chinesischen Seidenteppich ansog, sagte die Frauenärztin leise: »Hat er mir geschenkt.«

Der Dichter fand das in höchstem Maße respektabel. Da war ein Croupier in eine fremde Stadt gekommen, hatte unter den Frauen, die ihm hätten gefallen können, eine richtige Ärztin gefunden, unter den Ärztinnen eine mit einer besonders schönen Wohnung, unter den Ärztinnen mit besonders schönen Wohnungen eine, die exzellent kochen konnte, unter den schön wohnenden und exzellent kochenden Ärztinnen eine mit größtem Musikverstand.

Erstaunlich, dachte der Dichter. Er fühlte sich belehrt, in den Möglichkeiten bei der Partnerwahl nichts dem Zufall zu überlassen.

Der Dichter also wußte, was ihn an den Croupier band. Was wiederum den Croupier an den Dichter band, ist nicht so eindeutig beschreibbar, da der Croupier kein guter Erzähler seiner Empfindungen war. Er bestätigte allenfalls, was der Dichter über ihn vermutete. Demnach interessierte den Croupier an dem Dichter vor allem, daß der einer war, oder darstellen konnte, einer zu sein. Das war für den Croupier so komisch wie unbegreiflich. Er hatte also einen jener Menschen vor sich, die nach Hause gingen, ein Blatt Papier herausnahmen und – was das Leben so in ihnen ablagerte – in eine sprachliche Form, gar in ein Gedicht, brachten. Der Croupier hatte sich, als er im Kaffeehaus des öfteren die Literaturseite der Samstagsausgabe der berühmten überregionalen Tageszeitung durchblätterte, an einem Gedicht hängenblieb und es immer wieder las, nie vorstellen können, wie ein Mensch aussieht, der so etwas schreibt. Jetzt kannte er einen. Und der hatte genauso Hunger nach Leben, nach einer Leberkässemmel, nach Siegen der Fußballnationalmannschaft wie er. Diese Verwandtschaft genoß er. Und er ließ sich, als sie vom Kaffeehaus weg den Fluß entlangbummelten, Auskunft geben, ob sich der Dichter an den Schreibtisch setzte, wenn ihm etwas einfiel, oder ob er sich an den Schreibtisch setzte, um sich zu einem Einfall zu zwingen. Er wollte wissen, ob man in einem Gedicht korrigieren kann oder ob es sofort in der endgültigen Form dastehen muß. Er ließ sich auch erklären, warum manche Dichter Reim und Rhythmus verwenden und manche nicht.

Der Croupier war manchmal von einem geradezu

fiebrigen Bildungshunger. Der Dichter dachte sich, man hätte bei seinem Freund zu Schulzeiten die Weichen auch ganz anders stellen können.
Und jetzt sollte er verhaftet worden sein.
Warum?
Der Dichter, der ungewaschen, nur in Hemd, Hose und Pulli, zum Zeitungsstand gerannt war, saß fröstelnd vor einer von gestern übriggebliebenen Tasse kalten Kaffees, suchte den Lokalteil, sah vier Fotos, eines zeigte seinen Freund, und las.
Im Casino war ein wohl schon seit Jahren laufender Großbetrug aufgeflogen.
Eine verschworene Gruppe von Croupiers, die mit der Tischrunde im Kaffeehaus ziemlich identisch war, hatte sich mit einigen Berufsspielern zusammengetan und nach einem ganz einfachen System die Casino A. G. bestohlen. Der Trick – in der Geschichte des Roulettes immer wieder einmal mit Erfolg angewandt – funktionierte so: Der Berufsspieler setzt ständig auf ein und dieselbe Chance und immer ein und denselben Betrag. Das wird so selbstverständlich, daß er seinen Chip gar nicht mehr hinlegen muß. Kommt sein Spiel nicht, nimmt ihm der Croupier einen Chip ab, kommt es, zahlt der Croupier den Gewinn aus, so als ob der Chip auf der Chance gelegen hätte.
Wenn man nun eine Tischrunde zusammenstellt, in der keiner merken will, daß der Croupier einem Spieler mit der Bemerkung: »Das war Ihr Spiel!« Gewinne auszahlt, die der gar nicht gemacht hat,

kann man sich nächtens, nach Spielschluß, treffen und den Gewinn in Ruhe teilen.
Ganz begriff der Dichter das System fürs erste nicht. Aber da die Zeitungen dann tagelang berichteten und immer neue Details der Unverfrorenheit und Raffinesse, der Koordination von Croupiers, Aufsichtsbeamten und Berufsspielern enthüllten, kannte er sich bald gut aus.
Funktioniert mußte der Trick schon sehr lange haben, denn die Sache flog auf, weil nun schon der zweite Jahresabschluß des Casinos sich so deutlich, noch viel ärger als der des Vorjahres, nach unten entwickelt hatte, gemessen an den goldenen Jahren davor. Keine Frage, die – wie sollte er sie nennen?, fragte sich der Dichter, *Gauner* schien ihm absolut nicht adäquat, er entschied sich für das wertfreie *Spieler* – also die Spieler hatten übertrieben, hatten das Maß verloren. Als der Dichter die Sache immer und immer wieder durchging, kam ihm auch der Verdacht, es müßten nicht die Croupiers gewesen sein, die nicht Maß gehalten hätten. Es könnten die Berufsspieler auf immer größere Gewinne gedrängt haben, waren sie doch den Croupiers gegenüber in einer Erpressersituation. Die Sache hatte jedenfalls derartige Ausmaße angenommen, daß von der Casinoleitung eingeschleuste Kriminalisten früher oder später den Coup enttarnen mußten. Eines Abends wurde die ganze Mannschaft vom Roulettetisch weg verhaftet.

Da sind sie also im Smoking ins Gefängnis, dachte der Dichter. Oder hatte man den Leuten Gelegenheit gegeben, sich umzuziehen?
Der Dichter konnte sich an der Empörung der Zeitungskommentatoren überhaupt nicht beteiligen, obwohl die vermutete Schadenssumme sein Fassungsvermögen sprengte. Er machte sich bewußt, daß hier nicht Arme, nicht einmal Reiche, und schon gar keine Unschuldigen bestohlen worden waren, sondern nur die *Casino A.G.*, also der Staat. Und der hatte einen Geldpuff betrieben. Bordelle jeglicher Art haben ihre eigenen Gesetze, da können die Normen der Abrechnungsgenauigkeit der Kaffeehauskassa nicht gelten, dachte der Dichter. In einem Casino muß eigentlich gestohlen werden, das ist dem Anlaß und dem Ort gemäß. Der Dichter hatte seinem Freund, dem Croupier, diese seine Einschätzung von Casinos nie gesagt, er wollte ihn wohl nicht in seinem Berufsstolz verletzen, es kann aber auch sein, daß dem Dichter diese Bewertung von Casinos erst eingefallen war, als er seinen Freund im Gefängnis wußte, verhaftet wegen ganz simpel angewandter Intelligenz.
Der Dichter erinnerte sich an das erste und einzige Mal, als er ein Casino von innen gesehen hatte. Damals, in der Stadt, in der er ein Germanistikstudium begonnen und bald darauf hatte ruhenlassen, war einmal eine kleine Studentengruppe ins Casino gegangen, da ein Mathematiker davon gefaselt hatte,

man könnte das System der Verdoppelung mathematisch verlangsamen, so daß man nie aus dem Limit käme und früher oder später gewinnen müsse.
Der Dichter hatte das System, das mit Schreiben und Buchführen verbunden war, nicht begriffen, hatte sich aber einen Betrag eingesteckt und geschworen, nur diesen und keine Münze mehr zu verlieren. Als er nichts mehr hatte, war er damals von Freund zu Freund gegangen, fiebernd, wütend, wollte borgen. Er hatte Glück, keiner konnte ihm was geben. Am nächsten Tag begriff er, er hätte in seinem Zustand sogar, falls vorhanden, Haus und Hof verspielt. Und er beschloß, nie mehr in seinem Leben ein Spielcasino zu betreten.
Komisch, dachte der Dichter, ich habe ihm nie erklärt, warum ich nicht ins Casino gehe, und er hat mich nie gefragt, warum nicht, und hat mich nie aufgefordert, es doch einmal zu versuchen. Das Roulette war eigentlich das einzige, worüber wir nie gesprochen haben.
Der Dichter rief die Frauenärztin an und erkundigte sich nach Besuchsmöglichkeiten im Gefängnis. Diese erzählte ihm, es ginge *ihm* sehr gut, keiner solle sich Sorgen machen, es würde sich alles als Irrtum herausstellen, besonders *er* hätte mit der Geschichte allenfalls am Rande etwas zu tun gehabt, er bitte inständigst, bis zur Klärung der Angelegenheiten nicht besucht zu werden, von niemandem.
Das mußte man respektieren. Es fiel dem Dichter

schwer. Teils aus Freundschaft, teils aus Neugier. Er blieb auf die Zeitungen angewiesen und auf die Kaffeehauskellner, die immer noch etwas mehr wußten als die Zeitungen.
Im Laufe der Zeit stellte sich heraus, sein Freund, der Croupier, war der Kopf, der Organisator des Unternehmens gewesen. Der Strafrahmen, den die Zeitungen vorhersagten, war erschreckend hoch. Dem Dichter schien, als würde man die Verhafteten auch dafür büßen lassen wollen, daß der Polizei mindestens ein Croupier in Richtung Südafrika und drei Berufsspieler in Richtung nirgendwo – sie dürften sich nur eines ihrer vielen Pässe entledigt haben – durch die Lappen gegangen waren.
Nach Monaten der Untersuchung stand dann in der Zeitung, die Anwälte, übrigens die besten der Stadt, hätten die Angeklagten gegen eine hohe Kaution herausbekommen. Fluchtgefahr sei nicht gegeben, sie könnten die Zeit bis zum Prozeß in Freiheit verbringen.
Der Dichter rief bei der Frauenärztin an. Es meldete sich eine Männerstimme und teilte mit, ein Mann des genannten Namens wohne seit längerer Zeit nicht mehr hier, sondern, das sei zufällig bekannt, im *Hotel Bristol*.
Der Dichter rief im Hotel an.
Eine halbe Stunde später gingen der Dichter und sein Croupier, der Croupier und sein Dichter wieder den Fluß lang. Es war April, das Wetter wechselhaft, der

Croupier trug den klassischen englischen Übergangsmantel, Schal und Futter im Karo identisch, schwarzbraune genoppte Maßschuhe. Alles war wie immer perfekt, nur das Gesicht paßte nicht mehr ganz dazu. Es schien scheuer geworden, verlegen.
Eine Zeitlang redeten sie nichts.
Dann fragte der Croupier: »Wie läuft's bei dir?«
Der Dichter erzählte von guten Zeiten, vom Aufschwung. Ein Hörspielauftrag enthöbe ihn zur Zeit des Ärgers mit der Bank. Der Dichter log. Es ging ihm so mies wie noch nie. Aber er hatte Angst, sein Freund, der Croupier, könnte in die Tasche greifen, einen größeren Schein herausnehmen und sagen, nimm ruhig, strenggenommen gehört es ohnehin nicht mir.
Der Croupier merkte sofort, daß der Dichter log. Aber er maßte es sich nicht an, ihn zu überführen. Er war nicht mehr der alte.
Nach und nach begann der Dichter gezielt zu fragen, nach Hergang, nach Stand der Dinge, nach Chancen. Zunächst antwortete der Croupier, als ob er mit einem Anwalt spräche, taktierend, gestelzt. Aber plötzlich blieb er stehen und sagte: »Nein, mit dir muß ich nicht so reden, es geht jetzt nur darum, die Summe herunterzukriegen. Das ist die Strategie der Anwälte. Je geringer die Summe wird, desto geringer das Strafmaß, desto geringer auch die Rückzahlung, denn eines ist ja klar, die lassen uns den Schaden wiedergutmachen.«

Beim Wort *Schaden* sah der Dichter einen Anflug von genießendem Lächeln im Gesicht des Croupiers.

»Wenn ich wieder rauskomm, muß ich ja noch was haben, damit ich mir eine anständige Existenz aufbauen kann.«

Bei dem *was haben* wiederholte sich das Lächeln.

»Wenn ich Glück habe, und du weißt, mein Anwalt ist eine Koryphäe, muß ich gar nicht mehr rein. Die Monate der Untersuchungshaft und die Bereitwilligkeit, den Schaden gutzumachen, könnten reichen, sagt der Anwalt, wenn wir Glück haben, und wenn die anderen keinen Blödsinn reden, das ist wichtig, daß alle ziemlich dasselbe reden, aber die Anwälte arbeiten eng zusammen, die Strategie ist abgestimmt, es dürfte eigentlich nichts Schlimmes mehr passieren.«

»Ich halte dir die Daumen«, sagte der Dichter.

Dann gingen sie eine Zeit stumm, bis der Croupier plötzlich ganz nah vor dem Dichter stehenblieb, ihn mit beiden Händen an den Oberarmen fassend.

»Weißt du«, sagte er, »weißt du, wie oft ich mir gedacht habe, dir geht's doch nicht gut, ich sage dir, was bei uns läuft, sage dir, komm heute zwischen zehn und elf, das sind ein paar Tausender für dich, weißt du, wie oft ich mir das gedacht habe, aber dann habe ich mir gedacht, du kannst den Jungen da nicht reinziehen, wenn einmal was passiert, und passieren kann ja immer was, wenn einmal was passiert, dann hast du den auf dem Gewissen, aber glaube mir, wie

ich dich so gesehen habe die ganze Zeit, immer wieder habe ich mir gedacht, sag's ihm, laß ihn was verdienen, aber ich konnte einfach nicht.«
»Jetzt werde ich dir auch etwas sagen«, antwortete der Dichter. »Ich wäre gekommen. Ich hätte es gemacht.«
Gleichzeitig schoß ihm durchs Hirn, daß er damit kriminell geworden wäre, daß er eine Vorstrafe hätte, daß es sein Leben hätte zerstören können. So nahe liegen Unbescholtenheit und Kriminalität, dachte sich der Dichter, es hängt im Grunde nur an einer kleinen Information. Das müßte man diesen Bürgermenschen klarmachen, es ist nur die Information, die sie alle von der Kriminalität trennt, falls sie nicht ohnehin unentlarvte Falschspieler sind.
»Ich hätte mitgespielt«, wiederholte der Dichter. »Ich hätte mitgespielt.«
»Ich habe es gewußt«, sagte der Croupier. »Deshalb habe ich dir nichts gesagt. Weißt du, ich werde mit der Sache fertig, ich habe da keine größeren Probleme. Aber wenn ich dich richtig einschätze, du wärst vor die Hunde gegangen.«
»Sicher«, sagte der Dichter. »Ich danke dir, daß du mir nichts gesagt hast.«
Mein Freund ist ein Ehrenmann, dachte er. Ein klassischer Ehrenmann. Er ist für mein Leben mein Maß für Ehrenmänner.
Der Prozeß nahm einen glücklichen Verlauf. Einmal setzte sich der Dichter ins Publikum, der Croupier

sah ihn, sie zwinkerten einander zu. Daß die Monate der Untersuchungshaft tatsächlich reichten und die Rückzahlung enorm hoch war, entnahm der Dichter der Zeitung. Ein Anruf im *Hotel Bristol* war vergeblich. Der Croupier hatte die Stadt schon verlassen.

Viele Jahre später traf der Dichter einen anderen, damals unbeteiligten Casinoangestellten im Kaffeehaus, der erzählte, der Croupier hätte sich nach dem Urteil in der Hauptstadt zwei erstklassige Galopp-Pferde gekauft und mit ihnen gute Gewinne erzielt. Mit diesen Gewinnen hätte er sich eines der traditionsreichsten Kaffeehäuser der Stadt erworben und lebe nun von dem Ertrag aus der Verpachtung sehr gut, meist im Ausland.
Der Dichter war zufrieden. Es rennen so viele Gauner erfolgreich herum, dachte er, warum nicht auch mein Freund, der Ehrenmann.

Das Gefährliche an der Kunst

Nichts macht so Spaß, als in einem glücklichen Theater zu gastieren. Davon gibt's ja nicht viele.
Ich werde nie vergessen, wie der *Prinzipal* schon in der Hotelhalle auf uns wartete, wie er dann – nachdem wir die Zimmer bezogen hatten – mit uns ins Theater ging, um es uns zu zeigen. Dort hing die *Prinzipalin* gerade am Telefon und stellte – uns strahlend zuwinkend – einem Anrufer Notstühle in Aussicht. Das war der Tag, an dem ich für die beiden die Spitznamen Prinzipal und Prinzipalin erfand. Denn sie waren für mich das Gegenteil von Theaterleitern, sie vom Typ her ein Model, er ein Extrembergsteiger. Hätte man sie gesehen und auf eine künstlerische Betätigung tippen müssen, hätte ich bei ihr Tänzerin und bei ihm Bildhauer gesagt.
Die beiden wehrten sich lange gegen die Spitznamen, aber ich blieb konsequent, bis sie sich – im Umgang mit mir – erheitert fügten. Welch ein Vergnügen, künstlerische Ehrentitel Menschen zu verleihen, die keine wollen und keine brauchen.

Meine erste Begegnung mit dem Prinzipal, seiner Frau, der Prinzipalin, und deren *Theater im Ort* war die schönste. Es ist unerheblich, ob man sich damals an unseren Agenten gewandt oder ob unser Agent

etwas von diesem neuen kleinen Theater gehört hatte, das so schön auf der Strecke lag.
Jedenfalls führte uns die Tournee in den Ort abseits der großen Autostraße, schon etwas in Höhenlage, inmitten eines Postkartenpanoramas, mit Wald, Bergspitzen, Schäfchenwolken. Alles blitzte vor Sauberkeit, der Hauptplatz war ein richtiger Hauptplatz mit zwei traditionsreichen Gaststätten und einer unaufdringlichen Kirche. Daß man von dem Ort noch nichts gehört hatte, lag daran: Er war als Luftkurort wohl nur für einen kleinen Kreis von Erholungsuchenden interessant und beherbergte keine Industrie und kaum größeres Gewerbe. Eine in der Nähe liegende Kleinstadt bot alle diese Arbeitsplätze für die, die im Ort kein eigenes Geschäft hatten.
Nahe dem Hauptplatz hatte es aber einmal eine kleine Fabrik für Seile, Taue, Stricke und dergleichen gegeben, die weniger wegen schlechter Geschäfte, eher wegen fehlender Erben stillgelegt worden war. Mit der Fabrikhalle – das Wort *Halle* soll keine übertriebenen Größenvorstellungen auslösen – und dem umgebenden Gelände konnte die Gemeinde nichts anfangen, Interesse von Käufern war auch nicht vorhanden.
Da hatte der Prinzipal die Idee für sein *Theater im Ort*.
Er war über Umwege zur Kunst gelangt.
Vorzugsschüler am humanistischen Gymnasium in der Hauptstadt, gewann er die nationalen Jugendmeisterschaften im Schiabfahrtslauf, kam nach dem

Abitur in den A-Kader der Senioren, bestritt einige der schwersten Rennen des Schizirkus mit stetig besseren Plazierungen, fiel den Fernsehkommentatoren oft durch seinen ungewöhnlich aggressiven und riskanten Fahrstil auf und zerriß sich – knapp vor dem endgültigen Durchbruch zum Spitzenstar – sämtliche Bänder im Bereich des rechten Knies. Die Sportkarriere war zu Ende.
Für eine Ausbildung zum Schauspieler – davon hatte er während des Gymnasiums öfter geträumt – schien der Prinzipal sich nun zu alt, das Studium der Soziologie – lange in Erwägung gezogen – war ihm dann doch zu langweilig.
So zog er mit seiner Frau in das ererbte Haus in dem Ort, in dem wir gastieren sollten, und baute sich eine passable Existenz als überregionaler Sportkolumnist und PR-Texter auf.
Seine verdrängte Liebe zur Bühne hätte wohl nicht ausgereicht, um auf die Idee mit dem Theater zu kommen. Aber die Prinzipalin, als Mutter von zwei Kindern noch so schön, daß es einem die Luft nahm, sie sich als Mädchen vorzustellen, hatte vor ihrer Heirat in einer Theater- und Tourneeagentur gearbeitet und kannte die Leute und viele Geschichten von den Leuten, zu denen er gehören wollte.
So entwickelte er eines Tages, nachdem er in einem Feuilleton von irgendeinem neuen Fabriktheater in Sowieso gelesen hatte, die Idee, in der alten Seilfabrik eine Bühne zu installieren.

Was er nicht wissen konnte: Sein Einfall fiel glücklich zusammen mit der Erkenntnis eines Kulturpolitikers der Region, wonach dessen Wahlchancen besser stünden, hätte er irgendeine Initiative vorzuweisen. Da es nun weder in der nahen Kleinstadt noch in anderen, schon ferneren Orten ein Theater gab, hatte das *Theater im Ort* die Chance, ein kleines Kulturzentrum zu werden.
Als wir ankamen, war es das schon. Der Kulturpolitiker hatte Geld aufgebracht. Es reichte für kein protziges, aber ein sehr funktionelles Gastspieltheater mit kleiner Galerie und mit Buffet. Der Prinzipal und die Prinzipalin hatten alles mit Freunden geplant, hatten sich Tag und Nacht am Bauen, Malen und Einrichten beteiligt. Das Ergebnis hatte seine Handschrift und ihren Charme. Die Lichtanlage war unaufwendig, aber hochprofessionell, die Brötchen für die hungernden Komödianten von der Prinzipalin handgestrichen.
Eröffnet hatten die beiden – vorsichtig – mit einer anständigen Tourneeproduktion rund um einen echten Star, dann gab's ein paar Boulevardgastspiele, dann aber sofort auch Kabarett, Experiment, Rock, Rezitation.
Und was das erfreuliche war, besonders das Unkonventionellere wurde von der ausgehungerten Region angenommen. Publikum jeglichen Alters kam von überall her und füllte die Kassen. Das *Theater im Ort* blieb nicht nur im budgetierten Rahmen, es sparte ein

und konnte investieren, obwohl sich Prinzipal und Prinzipalin keine schlechte Gage zahlten. Natürlich war noch eine Kraft im Betriebsbüro nötig – das war auch eine Freundin –, und die Jobs am Abend – Buffet, Kasse, Garderobe – übernahmen junge Leute, begeistert, nebenberuflich.

Nach der Vorstellung feierten wir im Haus der Prinzipale, die nur baten, wegen der schlafenden Kinder nicht zu laut zu sein. Aber da nicht nur wir, sondern auch etliche Freunde der In-Group des Theaters sich betranken, standen irgendwann zwei verschlafene, aber doch gut aufgelegte Kinder im Pyjama im Raum und beteiligten sich eine Zeitlang am Fest.

Mir ist in Erinnerung, daß mich der Prinzipal nach meiner Meinung zu einigen Produktionen fragte, die einzuladen er plante, mir ist auch in Erinnerung, wie sehr mir die Prinzipalin gefiel. Ich habe es ihr auch gesagt, soweit so etwas möglich ist im Hause der Familie, in der Nacht vor der Weiterreise. Das nähere Befassen mit der Prinzipalin wurde auch dadurch erschwert, daß immer wieder Leute aus der Gesellschaft von uns Tourneemenschen wissen wollten, ob man gerne in die Provinz käme, wie man sich in der Provinz fühle und wie man die Aktivitäten in der Provinz beurteile. Ich betete zum wiederholten Male meine Litanei, wonach es im audiovisuellen Zeitalter Provinz im qualitativen Sinn nicht mehr gäbe, Provinz allenfalls ein geographischer, keinesfalls aber ein kultursoziologischer Begriff sein könne. Ich konnte viel erzählen von Orten außerhalb der Groß- und auch der Mittelstädte, wo sich interessierte Menschen mit Kultur viel regelmäßiger und viel dichter auseinandersetzen, als das in Großstädten denkbar ist. Ich erzählte den Leuten, wie viele der Intelligenz zuzurechnende Menschen den Wohnort Kleinstadt vorzögen, und ich bekannte, vor diesem Entschluß größten Respekt zu haben. Es ist unvermeidlich, sich in Gesellschaften wie dieser mit Äußerungen wie diesen beliebt zu machen. Das ist aber nicht der Grund, diese Ansicht zu vertreten, sie war und ist die meine.

Die auffallendste Figur neben den Hausleuten war der in der Schilderung der Vorgeschichte schon erwähnte Kulturpolitiker. Ein Mann in einem seidig glänzenden grauen Anzug mit schwarzem Rollkragenpullover, den er mit Sicherheit nur an Abenden wie diesem zu tragen pflegte, einer leisen, überkultivierten Sprechweise und mit einem nie leer werdenden Weinglas in der Hand. Der Mann erzählte vom glücklichen Zusammentreffen seiner seit Jahren vertretenen Initiative für ein Kulturzentrum mit den Fähigkeiten und dem Geist der Theaterleiter.

»Ich glaube, Sie nennen sie, wenn ich es richtig gehört habe, Prinzipal und Prinzipalin. Ich werde, mit Ihrer Erlaubnis und selbstredend unter Wahrung des Urheberrechtes, von diesen Bezeichnungen Gebrauch machen«, sagte er.

»Aber gerne«, gab ich mich konziliant.

»Es war nicht einfach, diese Kommunalpolitiker unter einen Hut zu bringen, das können Sie mir glauben, es herrscht doch in weiten Kreisen immer noch die Meinung, man bekäme Kultur ganz umsonst«, führte der Kulturpolitiker ergänzend aus. »Ich habe da viel Wühlarbeit leisten müssen, aber wenn sich unser *Theater im Ort* so entwickelt, wie es den Anschein hat, dann können wir mit Sicherheit in ein, zwei Jahren schon weiterdenken.«

»Wieso weiterdenken?«, fragte ich. »Es ist doch alles schön so, wie es ist.«

Der Kulturpolitiker sah mich an wie einen, den er offenbar überschätzt hatte.

»Aber ich bitte Sie, es wäre doch auf die Dauer keine Leistung, auf diesem Niveau stehenzubleiben, ich glaube auch kaum, daß der Prinzipal, wie ich ihn kenne, und vor allem die Prinzipalin« – er ließ seine Blicke wohlgefällig auf ihr ruhen – »sich damit auf Dauer zufriedengäben.«

Ich war mit Sicherheit der letzte Gast der Gastspielfeier, habe nur unklare Erinnerungen an den Abschied, was wegen des guten Rufes der Prinzipalin sicher von Vorteil ist.

Prinzipal und Prinzipalin kamen noch zum Frühstück ins Hotel. Wir mußten uns nicht anstrengen, ihnen zu sagen, dieses Gastspiel wäre das schönste seit langem gewesen. Der bezaubernde Ort, die perfekte Kulturzelle, die liebenswerten Gastgeber, all das waren Gründe, ein baldiges Wiedersehen abzusprechen. Lange winkten Prinzipal und Prinzipalin dem Tourneebus nach, bis er hinter der Kirche verschwand.

Es dauerte länger als erwartet, bis es zur Wiederbegegnung kam. Einmal hatte das *Theater im Ort* die möglichen Termine blockiert, dann waren wieder wir in einer ganz anderen Gegend. Aber so nach zwei Jahren stand das *Theater im Ort* wieder auf dem Tourneeplan.
Diesmal war es Herbst, nicht Frühling. Aber das war nicht der Grund, warum alles nicht mehr ganz so schön war. Der Prinzipal erwartete uns wohl wieder, war aber bald nach der Begrüßung ein wenig verstört, weil wir nicht wußten, welchen Erfolg er mittlerweile gehabt hatte.
Das *Theater im Ort* hatte nämlich – und das nicht zu wissen war kaum verzeihbar – mit Eigenproduktionen begonnen. Mit einem teilweise professionellen Ensemble.
Als Leiter einer Gastspielbühne kann einer, der sehen kann, viel lernen, und so hatte der Prinzipal selbst zu inszenieren begonnen. Und eine gegen den üblichen Strich gebürstete Inszenierung eines konventionellen Erfolgsstückes hatte bei einem Theatertreffen, von dem gehört zu haben ich mir nicht sicher war, den ersten Preis gewonnen. Mit dieser Produktion sei, erzählte der Prinzipal, das *Theater im Ort* eigentlich selbst auf Tournee.

»Ich müßte ja auch bei meinen Leuten sein, genaugenommen, ich bin nur wegen euch gekommen, weil meine Frau ja auch erst nach Ende der Vorstellung dasein kann. Sie ist nämlich mit dem Älteren auf einem Turnier.«

»Auf welchem Turnier?«, fragte ich.

Der Prinzipal war kurz verwundert.

»Ach so, das kannst du ja noch gar nicht wissen. Der Junge ist die Nummer eins im Tennis in seiner Altersklasse, auf dem Weg zur absoluten Spitze.«

»Der ganze Vater«, sagte ich.

Der Prinzipal hatte sich ein wenig verändert. Er war dicker geworden, vorsätzlich schlecht rasiert, und hatte seine Frisur in Richtung Künstler stilisiert. Aus allen Worten und Gesten sprach die große Verantwortung für alles, die Verpflichtung des Managers, sich für das allgemeine Gedeihen aufopfern zu müssen, da keinem zweiten Menschen auf der Welt die Bewältigung der gestellten kulturellen Aufgaben zuzutrauen sei.

Er zeigte uns die neuesten Errungenschaften seines Theaters. In einer Nebenhalle der ehemaligen Kleinfabrik war ein Probenraum entstanden, um den größere Bühnen das *Theater im Ort* hätten beneiden können. Da das *Große Haus* – das war das Theater, das wir vor zwei Jahren kennengelernt hatten – durch Wegbrechen der Rückwand vergrößert und somit für mehr Publikum zugänglich gemacht worden war, hatte es für experimentelle Kleinkunst keinen

geeigneten Raum mehr gegeben. Ein *Studio* war nötig geworden. Auch dafür hatte die alte Seilfabrik noch eine räumliche Möglichkeit geboten.
Alles, was wir sahen und hörten, war überzeugend. Nur ein wenig routiniert und abgespult. Wie das Programm des Theaters, das aufwendigen Plakaten im Schaukasten zu entnehmen war und lange, präzise Vorausplanung verriet.
Die für uns nicht so ganz erfreuliche Tatsache, nicht ausverkauft zu sein, begründete der Prinzipal mit dem tollen, überintensiven Angebot der letzten Wochen. Er müsse zugeben, das mögliche Publikumsreservoir sowohl programmatisch als auch finanziell bis an die Grenze ausgeschöpft zu haben.
Im Theater war alles perfekt. Es gab jetzt noch mehr junge Leute, die Funktionen hatten. Dafür lagen in der Garderobe Brötchen aus einem Delikatessengeschäft.
Ja, und dann kam noch eine attraktive junge Frau auf uns zu und stellte sich als das neue Betriebsbüro vor. Ich hatte eine andere Mitarbeiterin in Erinnerung, doch gab mir der Prinzipal auf meine Frage zu verstehen, es sei seiner Frau wegen nicht günstig, sich nach dem Grund des Wechsels in dieser Position zu erkundigen.
Die Prinzipalin kam – schön wie eh und je, aber total abgehetzt – gerade noch zum Schlußapplaus, umarmte uns in der Garderobe, gratulierte zum Erfolg und beklagte, selbst keinen gehabt zu haben. Ihr

Tenniskind hatte verloren, was den Prinzipal zu Schimpfkanonaden über einen unfähigen Jugendtrainer veranlaßte.
Ich hätte nicht ungern über unsere gerade zu Ende gegangene Darbietung gesprochen, aber der Prinzipal war nicht abzulenken. Ich verstünde doch was vom Tennis, ich müsse doch bestätigen können, welch grundsätzliche Fehler dieser Idiot von einem Trainer in der Einstellung der Spielanlage des Sohnes gemacht hätte. Ob ich denn nicht auch seiner Meinung sei, zu einem Trainerwechsel wäre es allerhöchste Zeit.
Von Kunst war erst die Rede, als sich wieder eine Runde – offenbar routinemäßig – im Hause der Prinzipale versammelte. Das Haus war unverändert, auffallend lediglich zwei großformatige, aggressive abstrakte Bilder im Salon. Der Hausherr nannte auch gleich den Namen des Malers und erzählte, den Mann hätte keine Sau gekannt, bis er ihn vor einem Jahr im Foyer des Theaters groß herausgebracht hätte, und jetzt gäbe es schon Ausstellungsangebote da und dort. Seine Absichtserklärungen, die bildende Kunst viel stärker in das Kulturprogramm einzubinden, wurden unterbrochen durch den Auftritt der Prinzipalin, die mit im Rohr erhitztem, industriell vorgefertigtem Schinkengebäck kam und bedauerte, wegen des Tennisstresses für ihre berühmten Brötchen diesmal keine Zeit gehabt zu haben. An der Qualität der Getränke hatte sich nichts geändert.

Den Kulturpolitiker hätte ich beinahe nicht wiedererkannt. Er hatte sich einen Schnurrbart stehen lassen und trug eine schwarze Lederweste.
Das *Theater im Ort* habe sich sehr gut entwickelt, berichtete er und nannte Auslastungszahlen, Einzugsgebiete und Budget-Eckdaten.
Das Problem bliebe, und damit sei seine Verantwortlichkeit sehr gefordert, einerseits, das Erreichte zu bewahren und finanziell zu stabilisieren, andererseits aber die künstlerische Weiterentwicklung zu ermöglichen, vor allem dem beachtlichen eigenen Ensemble die finanzielle und organisatorische Basis zu verbessern.
Höflich fragte ich, was denn das eigene Ensemble programmatisch vorhätte, hatte aber überhaupt kein Interesse daran, es wirklich zu erfahren, viel zuwenig war – nach meinem Geschmack – über unsere Gastspieldarbietung am heutigen Abend gesprochen worden. Der Kulturpolitiker erzählte von Titeln und Tendenzen und von seiner schweren Aufgabe, den Prinzipal von künstlerisch zwar sicher sensationellen, aber nur mühsam vermarktbaren Unternehmungen abzubringen.
Ziemlich unvermittelt drängte mich der Prinzipal vom Gespräch mit dem Kulturpolitiker ab und zog mich in eine Eckgarnitur. »Der Kerl hat sich als Vollarsch und Totalschwein entpuppt«, sagte er mir. »Wegen einer geringfügigen Kostenüberschreitung beim Bau des Probenraumes wäre mir der beinahe

umgefallen, wollte plötzlich den Umfang unseres Umbaus nicht mehr gekannt haben. Ich sage dir, man hat nichts wie Ärger mit dem Scheißgeld. Und es macht mich total wahnsinnig, mich immer mit diesem Schwein arrangieren zu müssen. Außerdem« – der Prinzipal kam etwas näher – »ist dieser Arsch hinter meiner Frau her, aber ich kann ihm leider keine knallen, und sie ihm auch nicht, verstehst du, da steht ein bißchen zuviel auf dem Spiel, ich will ja mit meinem Ensemble im kommenden Jahr auf ein paar Festivals.«

Und er führte aus, mit welchen Projekten er wohin wolle und welche Unterstützung er dafür beanspruche. Daß sein *Theater im Ort* im Ort gut lief, das war ihm nicht mehr Bestätigung genug, mehrfach gebrauchte er das besonders verdächtige Wort *überregional*.

Ich suchte in der Folge die Nähe der Prinzipalin. Sie war leicht gekränkt, weil ich die ewige Jammerei ihres Alten offenbar für interessanter hielt, als einen Versuch, den vor zwei Jahren unterbrochenen Flirt mit ihr fortzusetzen.

Kaum hatte ich damit begonnen, war der Prinzipal schon wieder da und fragte, was ich von einem Festival *Theater der Landschaften* hielte, ein Treffen von Theatergruppen, deren Produktionen regionale Themen behandelten.

Ich meinte, das Behandeln regionaler Themen sei etwas Sinnvolles, aber man müsse doch nicht unbe-

dingt gleich wieder ein Festival draus machen. Und dann fragte ich, warum er mit seinem Ensemble denn auf Tournee sei und nicht hier, in seinem *Theater im Ort* spiele.
»Wenn ihr schon eine eigene Produktion habt, dann könnt ihr euch – jedenfalls für eine Zeit – Gastspiele sparen«, sagte ich.
Das brachte den Prinzipal zum Rasen, und er bezog den Rest der Gesellschaft – der Politiker war schon gegangen – in seine Beschimpfungen ein. Alle müßten bestätigen, brüllte er, diese *Idioten* und *Provinzler* wollten nur das Fremde, das, was von draußen kommt, sehen. Seine tolle Produktion, über die überregional *Hymnen* geschrieben worden wären, hätten sie nicht besucht.
»Aber«, gab er mir noch im Morgengrauen auf den Weg mit, »ich werde nicht nachgeben, bis ich mein Ziel erreicht habe.«
Ich wollte fragen, was es denn für ein Ziel sei, sagte aber nichts als: »Und nur so geht es!«
Als ich im Hotel, noch leicht verglast, beim Frühstück saß, kam die Prinzipalin. Ich schluckte hastig meinen Kaffee hinunter und bat sie, mit mir vor dem auf dem Berg gelegenen Hotel auf und ab zu gehen. Die Sonne wärmte nicht, leuchtete das leicht vernebelte Herbstpanorama aber wunderschön aus. Es war unmöglich, diesen Anblick mit dem Abend davor, den Gesprächen, den Problemen in irgendeine Verbindung zu bringen. Ich wollte sie eine Menge

fragen, kam aber nicht dazu, denn ihr Erklärungsbedarf war gewaltig.
»Er ist nicht immer so wie gestern«, sagte sie. »Du sollst keinen falschen Eindruck haben. Gestern ist eben viel zusammengekommen. Heute hat er schon früh in die Stadt fahren müssen, um vor der Sitzung des Kulturausschusses mit dem Kulturpolitiker noch etwas zu besprechen. Er läßt euch herzlich grüßen und freut sich aufs nächste Mal.«
Sie sah mir an, daß ich dieses *nächste Mal* für nicht allzu zwingend hielt.
»Es wird alles wieder so, wie es war«, versprach sie. »Er muß sich jetzt nur austoben, das ist wie ein Fieber, das kennst du doch sicher, er will jetzt den großen Erfolg, dadurch hab ich die ganze Organisation am Hals, was natürlich Wahnsinn ist, neben den Kindern, aber irgendwie ist alles zu schaffen, irgendwie wird es sich einspielen, muß ja.«
Die Frau, von der ich mich verabschiedete, war nicht mehr die strahlende, glückliche Person, die vor zwei Jahren begonnen hatte, etwas zu leisten, was man schrecklicherweise *Kulturarbeit* nennt.

Drei Jahre sollten vergehen, bis wir das *Theater im Ort* und seine Menschen wiedersahen.
Der Agent berichtete, man würde uns wieder nehmen, er ersuchte uns lediglich, nicht böse zu sein, man wolle uns – aus optischen Gründen – dieses Mal im *Kleinen Haus* veranstalten.

Ich hatte während der drei Jahre einige Male über den Prinzipal gelesen. Er war mit dem *Theater im Ort* immer wieder aufgefallen, allerdings mit den sperrigsten Stücken der Gegenwartsliteratur. Ob die Kritiker die Vorstellungen verrissen, ob sie sie lobten, eines war aus ihren Berichten klar herauszuhören: Der Prinzipal hatte den Ehrgeiz, mit jeder seiner Produktionen die der restlichen Theaternation nicht nur übertrumpfen, sondern auch widerlegen zu wollen. Einmal gab's eine Glosse über einen Regisseur zu lesen – es war der Prinzipal –, der nach einer knappen Abstimmungsniederlage beim Juryentscheid eines Festivals die Juroren als *bestochene Tunten* beschimpft und sie mit Aschenbechern beworfen hatte.

Eines Abends, ich ging in der Stadt unseres Stammhauses zur allabendlichen Vorstellung, kam mir die Prinzipalin entgegen, Arm in Arm mit einem Mann, dessen Gesicht im Schatten eines enormen Schlapphutes erst spät als das des Kulturpolitikers zu erkennen war. Sie bedauerte sprudelnd, wohl leicht alkoholisiert, *gar keine Zeit* zu haben, da ihr Begleiter und sie sich heute eine angeblich sehr gute neue Produktion anschauen und auf die Eignung für ein längeres Gastspiel im *Theater im Ort* prüfen müßten, wo es drunter und drüber ginge, aber im Grunde prächtig liefe, wenngleich der Prinzipal zur Zeit nicht auszuhalten sei, weil der ältere Sohn sich neuerdings standhaft weigere, weiterhin Tennis zu spielen.

»Bei euch soll es ja ganz toll sein, und wir sehen uns bald«, sagte sie so konventionell und leer, daß es weh tat.
Der Kulturpolitiker hatte zum Glück mit dem Heranwinken eines Taxis Erfolg gehabt.

Unser drittes und letztes Gastspiel im *Theater im Ort* war nicht mehr schön. Aber komisch, daher berichtenswert. Daß es komisch war, verwende ich als Ausrede, um davon zu berichten. Denn in Wahrheit erzähle ich davon, weil die Geschichte dieses Gastspiels ein Gesetz bestätigt, das mit Gesetzen der Ökonomie, der Physik und der Psychologie korrespondiert und das ich – gänzlich unwissenschaftlich – für mich schlicht als *Das Gefährliche an der Kunst* betitelt habe. Es handelt sich um die tödliche Wachstumsspirale auch im Kulturbetrieb, über das Müllproblem der Karrieren.
Einige Tage nach unserem Gastspiel sollte das hauseigene Ensemble Premiere mit seinem großen *Klassikerprojekt* haben. Die Inszenierung war als Freiluftspektakel geplant, das alte Fabrikgelände mit Stahlrohrgerüsten verstellt, die teils als Sitzplätze für Zuschauer gedacht waren, teils als Spielflächen genutzt werden sollten. Plakate, die unseres oder andere Gastspiele ankündigten, waren in dieser Szenerie nicht mehr wahrzunehmen.
Es war später Frühling, ein sehr heißer Tag. Schwitzende Menschen mit diesem speziellen Roadie-Out-

fit zerrten Scheinwerfer in andere Positionen, gelegentlich vom Prinzipal angebrüllt, der dann immer zu mir, der staunend dastand, kam und erzählte, er hätte es nur mehr mit *Kretins* zu tun. Dann erklärte er mir, er sei bei den letzten Proben draufgekommen, noch einen Bühnenkeil in den linken Zuschauersektor treiben zu müssen. Dann würde die Vorstellung *der reine Wahnsinn* werden und die den gesamten Sprachraum beherrschenden Kulturtrottel endgültig von seinem Genie überzeugen.
Die Prinzipalin, die stark abgenommen hatte, kam mit einem Tablett selbstgeschmierter Brote. Aber sie entschuldigte sich, sie sei wegen der bevorstehenden Premiere am Ende ihrer Kräfte und könne daher nach der Vorstellung im eigenen Haus nichts veranstalten, man hätte im besten Restaurant der Stadt reserviert. »Aber sei nicht böse, wenn ich so fertig sein sollte, daß ich überhaupt gleich schlafen gehe.«
An der Abendkasse brach das Chaos aus. Auf Grund irgendeines Organisationsfehlers waren für das *Kleine Haus* viel zu viele Reservierungen angenommen worden. Einige Besucher wollten sich nicht abweisen lassen und tobten, andere gingen sofort und erklärten, diesen *Sauladen* endgültig nie mehr betreten zu wollen. Wir hörten die Beruhigungsversuche der Prinzipalin und vom Prinzipal einmal den Satz, er hätte wirklich andere Sorgen, als sich um den Kartenvorverkauf fürs *Kleine Haus* zu kümmern.
Das Auditorium bot einen ungewöhnlichen Anblick.

Links und rechts vom Parkett saßen viele Leute, sogar auf dem Boden, in der Mitte des Parketts waren hingegen Plätze frei.
In der Pause teilte mir der Prinzipal im Zustand höchster Erregung mit, der Kulturpolitiker, das *Oberschwein*, ich wüßte schon, säße in der Vorstellung. Es bestünde die Gefahr, daß der Mann nach der Vorstellung mit uns ins Restaurant gehen wolle. Ich solle das verhindern. Ich mußte bedauern. Wer nachher noch mitginge und wer nicht, läge außerhalb meiner Kompetenz.
Da saß also dann eine kleine Gesellschaft an einem reservierten Tisch in einem auf chic getrimmten Pseudoitaliener, zum ersten Mal – wie mir schmerzlich auffiel – eine reine Männergesellschaft. Die Prinzipalin hatte nur mehr grüßen lassen.
Der Kulturpolitiker machte – wohl nur aus Höflichkeit – zunächst den Versuch, über die gesehene Vorstellung zu sprechen. Der Prinzipal ließ das aber nicht zu. Er raunte mir ins Ohr, er würde mir jetzt vorführen, welch ein *Arschloch* der Politiker sei, und begann den Mann mit Anklagen wegen mangelhafter Unterstützung und Unterbewertung des *Theaters im Ort* zu provozieren. Der Kulturpolitiker bewies, wie gut er sich in den paar Jahren in die Materie eingelesen hatte. Er entgegnete nicht ungeschickt. Vor allem konterte er jede Anschuldigung des Prinzipals mit immer genaueren Informationen über Mißwirtschaft und mangelhafte Kalkulation. Er wollte vor der Ge-

sellschaft – vor allem vor den Leuten des Gastspiels – nicht wie ein Idiot dastehen.
Ich wurde Zeuge einer großen Abrechnung. Ich war dem Prinzipal willkommenes Publikum. Er wollte den Kulturpolitiker blamieren und gleichzeitig mir, dem Skeptiker, Größe und Bedeutung der Erfolge – *trotz der unüberwindbaren Schwierigkeiten* – vorführen. Er warf dem Kulturpolitiker vor, zu jenen zu zählen, die gerne in der Zeitung vom überregionalen Ruf des *Theaters im Ort* läsen und sich damit brüsteten, es im entscheidenden Moment aber an der Unterstützung fehlen ließen.
»Du hast dich an unseren Erfolg angehängt«, machte der Prinzipal das Gespräch zur Szene. »Ich habe in dieser Einöde, in dieser Wüste, für Erlösung gesorgt, ohne mich gäbe es das alles nicht, ohne mich und meine Frau.«
Mich wunderte, daß er seine Frau doch noch erwähnte.
»Das bestreitet ja niemand«, sagte der Kulturpolitiker mehr zu mir als zum Prinzipal. »Das ändert aber alles nichts an der Tatsache, daß die Baukosten für das *Klassikerprojekt* viermal höher sind als der Voranschlag, daß mir die Kontrollbeamten, und ich habe nun einmal Kontrollbeamte, nicht mehr mitspielen. Wenn ich jetzt nicht einschreite, stirbt das *Theater im Ort*, und das kann und will ich nicht zulassen. Vielleicht ist das jetzt der richtige Moment, um zu erklären, daß wir das *Theater im Ort* auf eine neue organi-

satorische Basis stellen. Wir werden die Theaterleitung ins Kulturamt verlegen, deine Frau wird aus dem Theater ausscheiden und ins Kulturamt übersiedeln, und aus dieser Position...«

In dieser Sekunde flog die Faust des Prinzipals auf die Nase des Kulturpolitikers, der mit seinem Stuhl nach hinten kippte. Während er sich völlig belämmert ein wenig Blut von den Nasenlöchern wischte, verlor der Prinzipal völlig die *Façon*.

»Bumst sie wirklich so toll? Warum hat sie das dann bei mir die ganzen Jahre geheimgehalten? Oder hast du Arschloch wirklich geglaubt, ich bin in der ganzen Gegend der einzige, der von euch beiden nichts weiß?«

Zum Frühstück kam diesmal keiner mehr. Ich ließ mir vom Hotelportier die Privatnummer der Prinzipale geben, wählte, hörte die Prinzipalin so böse und hart ihren Namen sagen, daß ich auflegte.

Einige Tage lang beschaffte ich mir auf Bahnhöfen Zeitungen aus dieser Region, bis ich endlich die erwartete Meldung las, das mit großem Aufwand vorbereitete *Klassikerprojekt* des weit über die Region hinaus bekannten *Theaters im Ort* sei wegen technischer Schwierigkeiten auf unbestimmte Zeit verschoben.

Ich habe mir des öfteren vorgenommen, in diesem Kulturamt anzurufen, die Prinzipalin zu erreichen und sie zu fragen, wie es jetzt so liefe, beruflich und privat. Bis jetzt habe ich es immer wieder verschoben. Sollte ich allerdings einmal dazu kommen, über das *Gefährliche an der Kunst* genauer nachzudenken, habe ich sicher einige Fragen.

Der Bruder des Erzählers

Der Erzähler kam in das einzig akzeptable Hotel der Stadt, in der er *heute abend* im Stadtsaal aus seinen Büchern lesen sollte. An der Rezeption fand er die Nachricht des Veranstalters vor, wann er zur Lesung abgeholt werden würde, und die Mitteilung, der Stadtrat für Kultur würde im Anschluß an die Darbietung in den *Goldenen Krug* bitten.

»Moment, jetzt hätte ich fast vergessen, wir haben auch noch ein Fax für Sie bekommen«, sagte der Mann an der Rezeption. Das Fax stammte vom Bruder des Erzählers.

Wieso faxt der mir?, fragte sich der Erzähler, der hat mir noch nie gefaxt, genaugenommen weiß ich nicht einmal, daß er ein Fax hat, aber natürlich hat er ein Fax, wieso soll der Besitzer eines Kaffeehauses kein Fax haben, jedenfalls hat er es mir nie gesagt, daß er ein Fax hat, er hat es für mich auch noch nie benutzt. Und – woher hat er die Hoteladresse? Er muß im Verlag angerufen haben, er muß angefragt haben – möglicherweise auch per Fax –, wo ich zu erreichen bin, auch das hat er noch nie getan, da muß etwas Entscheidendes passiert sein, es wird doch nicht –.

Der Anlaß für das Telefax war kein tragischer. Niemand lag im Sterben. Der Anlaß für das Telefax war eher komisch, jedenfalls las sich der Text so.

Zum ersten Mal seit Jahren erkenne ich in der Sprache meines Bruders so etwas wie geistige Verwandtschaft, dachte der Erzähler, der Hohn hat etwas Gestaltetes.

Der Erzähler erfuhr aus dem Fax seines Bruders: Ihr reicher Vater hatte öffentlich verfügt, der Großteil seines beträchtlichen Vermögens solle nach seinem Ableben einer *Stiftung zur Förderung humaner Technik* vermacht werden, als Gegenleistung wolle ihm die Stadtregierung in *Anerkennung dieser herausragenden Tat* und des Lebenswerkes an und für sich die Ehrenbürgerschaft verleihen. Die Überreichung der Ehrenbürgerurkunde solle demnächst im Rahmen einer stilvollen Feier erfolgen, er, der Bruder, sei beauftragt, alle Mitglieder der Familie zu diesem heiligen Anlaß zusammenzutrommeln. Das Fax schloß mit den Worten: »Ich brauch das Geld nicht, und Du brauchst es nicht. Das ist für uns kein Thema. Aber haben wir uns nicht zu wundern über dieses Übermaß an Frechheit und Verlogenheit? Dennoch bitte ich Dich, komm. Ich könnte es dem Alten nicht beibringen, daß Du fehlst, warum Du fehlst. Du weißt, Argumentieren hat keinen Sinn. Er ist schon völlig zu. Da gibt es kein Rechts- und kein Unrechtsbewußtsein mehr. Wahrscheinlich glaubt er mittlerweile, er war Widerstandskämpfer. Bitte komm, wenn Du nur irgend kannst. Komm bitte. Mir zuliebe.«

Der Erzähler lag auf dem Hotelbett und las die Nachricht zum dritten Mal.
Was heißt, da gibt es kein Rechts- und kein Unrechtsbewußtsein mehr? Er hat doch noch nie eines gehabt!
Der Erzähler zerknüllte wütend das Fax, dann glättete er es wieder.
Da würde sich also sein Vater, der alte, verlogene, ausbeuterische, tyrannische Nazi, hinstellen, würde ehrende Reden über sich ergehen lassen, mit bewegter Stimme danken, eine Urkunde entgegennehmen und sich dann von seiner Frau und seinen beiden Söhnen umarmen lassen, von den beiden Söhnen, mit denen er – so eine der launigen Bemerkungen beim anschließenden Festbankett – das eine oder andere Mal doch gewisse Schwierigkeiten gehabt hätte, über die er heute aber mit Stolz sagen könne, er sei froh, einen *erfolgreichen Unternehmer* und einen *anerkannten Künstler* herangezogen zu haben.
Der Erzähler sprang auf und ging ins Bad. Ihm war nach einer anarchistischen Pose des Widerstands zumute. Das Urinieren in die Waschschüssel schien ihm im Moment die einzige Möglichkeit. Er sah sich im Spiegel. Ein blasser, schwarzgelockter, wie man so sagt: interessanter Kopf sah ihm entgegen, alt nur unter den Augen, in den Augen jung.
Mein Bruder, der Bürger, der Spießer, der Kaffeesieder, sieht älter aus als ich, wesentlich, sagte er sich. Der hat nur mehr wenige Haare, ich habe noch alle. Ihm sind sie ausgegangen, nicht mir, was logisch

gewesen wäre, weil ich ja denke und er nicht. Aber vielleicht sind ihm die Haare ausgegangen, weil er mit unserem Vater in derselben Stadt lebt. Das könnte ein Grund sein.

Wieder warf sich der Erzähler auf das Hotelbett und versuchte Erinnerungen zu verdrängen, was nicht gelang. Immer deutlicher baute sich vor ihm ein patriarchalischer Nazi auf, wesentlich undeutlicher daneben eine allzeit wehrlos dienende Frau.

Als Beherrscher *deutschen Eisens* für *deutsche Bauten* im Sinne *deutscher Werte* zum Zwecke *deutscher Siege* war ihm der Vater ins Bewußtsein getreten. Dann hatte er begriffen, daß einem Ingenieur, Techniker und Konstrukteur die Ideale in Trümmer gefallen waren, dann hatte er kurz Kleinmut und Angst miterlebt, aber daraufhin die Wiederkehr eines ausgewiesenen Könners, auf den auch *dieses Regime* nicht würde verzichten können. Die politische Vergangenheit war bald kein Thema mehr, das Wort *Entnazifizierung* hatte der Erzähler erst viel später kennengelernt.

Entscheidendes Leitmotiv in der Familie blieb die Ansicht des Vaters, wie junge Männer zu erziehen, wie die Prinzipien seiner Lebensführung durchzusetzen seien. Die Begriffe *Zucht*, *Ordnung* und *Männlichkeit* hatten sich für den Vater nicht geändert. Er hatte zwei Söhne gezeugt und auserkoren, als Ingenieure und Erfinder das *Lebenswerk* des Vaters fortzusetzen. Hatten die Brüder als Kinder Prügel bezogen, wenn sie ein Element des *Technischen Baukastens* verloren hatten, bekamen sie die letzten Schläge, als sie dem Vater immer deutlicher machten, sie gingen – trotz seiner perfekten Erziehung – einen anderen Weg. Immer wieder mußten sie sich das Gejammer von einer *verlorenen Jugend*, einer *fehlgeleiteten Generation* anhören, das nur schwach verdeckte Bekenntnis zur Naziideologie und die suggestive Aufforderung des Vaters, diese seine Ansichten nur ja nicht in der Schule zu diskutieren, da es heutzutage zu niederträchtigen Fehlinterpretationen kommen könnte. »Womöglich würde noch einer sagen, ich sei ein Nazi«, hatte der Vater des öfteren befürchtet.

Wir sind durch die Hölle gegangen, Bruder, sagte stumm der Erzähler, wenn wir einander nicht gehabt hätten, wenn wir nur einer gewesen wären, vielleicht hätten wir uns umgebracht, ich war nah dran so mit siebzehn, aber du warst ja drei Jahre jünger, warst noch blöd, hast mich nicht ernst genommen, meine wunderbaren lyrischen Gedichte hast du für Schwachsinn gehalten, was sie ja waren, aber du hattest nicht das Recht, sie schwachsinnig zu finden, du warst doch ein kleines Arschloch, frühreif, das gebe ich zu, aber doch nur ein kleines, rotzfreches Arschloch. Aber es war wichtig für mich, daß wir in einem Zimmer geschlafen haben, Bruder, ich konnte immer mit dir reden, ich weiß nicht, ob du immer zugehört hast, aber ich konnte es mir einbilden.

Wenn du einmal geweint hast, hast du mir nie gesagt, warum, du hast dich nicht ausdrücken können, oder wollen, das weiß ich heute nicht mehr, aber ich habe gespürt, wie glücklich du warst, mich zu haben. Wie haben wir den Alten überwunden, Bruder? Überstanden? Das war die neue Zeit, das war die Demokratie. Wir hatten immer mehr Möglichkeiten zur Flucht, immer mehr Mut zum Widerstand, der Vater hatte immer weniger Möglichkeiten des Zugriffes. Du wurdest immer frecher, der Alte immer ohnmächtiger.

Weißt du noch, wie er zum ersten Mal meinen Namen unter einem Artikel in diesem Jugendmagazin gelesen hat? Das ist ein *Drecksblatt*, hat er gebrüllt, ein Drecksblatt, da schreiben nur *Schmierfinken*, mein Sohn wird doch nicht einer dieser Schmierfinken sein wollen! – Da hast du einen Lachkrampf bekommen, du hast derartig gelacht, einfach nicht mehr aufgehört, so wie die Marie in *Was ihr wollt* – du kannst dich sicher erinnern, wir sind ja gerne ins Theater gegangen –, du hast einfach nicht mehr aufgehört zu lachen, und dann habe ich begonnen mitzulachen, wir haben so lachen müssen, daß der Alte zur Säule erstarrte. Wenn ich mir heute sein Gesicht in Erinnerung rufe, das er damals gemacht hat, müßte ich fast Mitleid haben. Aber ich habe es nicht, Bruder, keine Angst.

Der Erzähler beendete die Ansprache an den Bruder und versuchte ein wenig zu schlafen. Er konnte es nicht. Er holte seinen Taschenkalender aus dem Jakkett, um nachzusehen, ob er zum Termin der Ehrung seines Vaters überhaupt Zeit haben würde. Er fand keinerlei Eintragung.

Ich werde hinfahren, beschloß er, ich kann meinen Bruder nicht im Stich lassen.

Ich habe ihn viel zu oft im Stich gelassen. Eigentlich immer. Ich bin nach der Schule abgehauen, weg. Was ich gemacht habe, wie ich gelebt habe, steht – mehr oder weniger ehrlich – in meinen Büchern. Über meinen Bruder aber habe ich nie geschrieben, obwohl das ja nicht unkomisch gewesen sein müßte, als er – ohne die Schule abgeschlossen zu haben – mit einer um einige Jahre älteren Ausländerin eine Speiseeisfabrikation begann.

Für den Vater muß das das Ende aller Illusionen bedeutet haben. Aber der Bruder, dieses Miststück, hat Gewinne gemacht. Eines Tages gab es diese ältere Frau nicht mehr, aber dafür einen richtigen Eissalon. Ich habe ja lange nichts Genaues gewußt, erst als ich zu den wichtigsten Familienfesten wieder nach Hause gekommen bin, habe ich erfahren, was so läuft.

Der Vater ist rasch alt geworden, unheimlich wehleidig. Immer wieder hat er zu erklären versucht, er hätte *alles nur gut gemeint.* Es gelang ihm, immer hilfloser zu wirken. Und die Mutter hat es ihm, wie alles, nachgemacht.

Warum bin ich dennoch immer wieder hingefahren? Ganz einfach, weil es meine Eltern waren. Den letzten Schritt hätte ich nie gewagt, schon gar nicht wegen meines Bruders.
Denn der ist zum Opfer geworden. Den haben sie fertiggemacht. Langsam, methodisch. Ich hab's rausgehört aus den Telefongesprächen, aus den Briefen. Der Vater, der es nicht geschafft hat, ihn zu *seinem* Sohn zu machen, hat es geschafft, ihn zum Anhörer zu machen, zum Diskutierer angeblicher Reue, die ja doch nichts anderes war als verschleierte Rechtfertigung.
Mein Bruder ist zum Pfleger meiner Eltern geworden, Animateur, Maître de plaisir. Er ist geduldig geworden, versöhnlich, er hat alles Rebellische verloren, er ist verblödet, bei aller Liebe, ich muß es so klar sagen, er ist verblödet, er hat eine schauerliche Frau geheiratet, hübsch, aber schauerlich, daß sie Tochter einer Konditorei ist, kann doch nicht der Grund gewesen sein, er muß sie geliebt haben, sie haben die zwei obligaten Kinder gemacht, eine Musterfamilie gegründet und die Eltern, also meinen Vater, unseren Vater, diesen Vater, in deren Mitte gerückt, er ist auf das Altwerden des Vaters reingefallen, er hat wohl nicht verziehen, aber er hat sich abgefunden.

Der Erzähler begann sich im Halbschlaf wieder an seinen Bruder zu wenden.

Du hast mir damit ein schlechtes Gewissen gemacht, das ist dir wohl klar, du Sauhund, du bist ein guter Sohn geworden, damit bin ich ein schlechter Sohn, aber ich bin es gerne, aus Überzeugung, glaube mir das.
Ich habe dich verachtet, damals als ich bei euch war und der Alte angerufen und dich gefragt hat, ob die neuen internationalen Entwicklungen die Geldabwertung und so den Verlust seiner gesamten Ersparnisse zur Folge haben würden. Ich hab dir zugeflüstert: Sag ja! Sag ihm, das ganze Geld würde mit an Sicherheit grenzender Wahrscheinlichkeit den Bach runtergehen. Du hast ihm eingeredet, es könne nichts passieren, mit Engelsgeduld erklärt, warum nichts passieren könne, und danach hast du mich angeschnauzt, was ich mir denn einbildete, wenn du ihm sagtest, das Geld verlöre den Wert, bekäme er einen Herzanfall, und du hättest wieder die Scherereien.
Du hast mir oft zu verstehen gegeben, Bruder, daß ich dich allein lasse. Aber was heißt denn allein? Wozu hast du denn eine Bilderbuchfamilie? Ich habe keine, ich hätte nie eine haben können, bei meiner ewigen Herumreiserei, denn – weißt du – wenn man schon ein Leben lang die gleichen Geschichten erzählt, dann muß man wenigstens immer neue Hintergründe recherchieren, damit es keiner merkt.
Ich bin mir jetzt nicht sicher, geliebter Bruderdepp, ob du das begriffen hast.
Mensch, bist du mir auf die Nerven gegangen, da-

mals, als ich in Texas meine Gastvorträge an der Uni gehalten habe. Die Mutter ist mit ihrem Kreislauf am Ende, hast du mir erzählt, weil ich Idiot dich leichtfertigerweise angerufen habe, sie ist im Haushalt kaum mehr einsatzfähig, was unseren Vater veranlaßt hat, dich um alle Dienstleistungen zu bitten, um Besorgungen jeder Art. Du hast mir ausführlich erzählt, wie er den Hilflosen spielt, der die vier Treppen nicht mehr schafft, du hast mir erzählt, wie er zufrieden gegrinst hat, wenn er dir gesagt hat, es sei doch ein Trost, im Alter einen gutverdienenden, selbständigen Sohn zu haben, der ein bißchen Zeit oder wenigstens Personal für seine alten Eltern erübrigen kann. Du hast seinen Tonfall am Telefon imitiert, und ich habe geglaubt, ich werde tobsüchtig, in Texas.

Natürlich meintest du, ich hätte die Eltern selbst auch öfter mal anrufen oder besuchen können, dich vielleicht dadurch entlasten, aber ich hatte immer Angst, das Lügengequatsche könnte mich zu Fehlreaktionen veranlassen, die dann eine Stimmung erzeugen, die nur dir wieder auf den Kopf fällt.

Ja glaubst du, ich kann mir ruhig anhören, ich triebe mich in der Welt herum und hätte offenbar keine allzu große Angst, meine Eltern nicht lebend wiederzusehen? Ich *kann* mir das nicht ruhig anhören!

Dem Erzähler wurde schlecht.

Er öffnete die Minibar und schluckte die zwei vorhandenen Magenbitter hintereinander. Dann überprüfte er sein Gefühl im Magen, fand es immer noch ganz flau und goß einen Klaren nach. Der war wenigstens betäubend kalt.

Er stellte den Fernsehapparat an und gleich darauf wieder ab, weil er das Bild nicht wahrnahm.

Er begann revolutionäre Szenen zu entwerfen, große Posen der Sabotage, wie einst in den Jahren der Pubertät.

Er sah sich die Ehrenfeier unterbrechen, das Podium betreten und hörte sich reden:

Verehrte Festgemeinde! Sie werden einem Mann meines internationalen Renommees nicht verweigern wollen, Ihnen über meinen Vater die Wahrheit zu sagen. Ich beschränke mich in der Kürze der zur Verfügung stehenden Zeit auf die Information, daß einige der von meinem Vater geschaffenen Bauwerke Ihrer geschätzten Stadt auf Plänen beruhen, die er zu Ehren seines *Großdeutschen Reiches* entworfen hatte und deren Ausführung im Rahmen des von meinem Vater angestrebten *deutschen Weltreiches* nur durch einen unglückseligen Kriegsverlauf, genau besehen, durch *Verrat in eigenen Reihen*, verhindert wurde. Wenn mein Vater heute für eine *Humane Technik* Geld stiftet, dann meint er, man solle Techniker seines Typus human behandeln und ihnen Lebenslügen jeder Art gestatten, bestätigen und honorieren. Ich danke Ihnen für Ihre Aufmerksamkeit!

Viele unsinnige Reden hielt der Erzähler, bis sich die Figur seines Vaters vor ihm aufbaute.
»Warum willst du dich an mir rächen?«, fragte der Vater. »Ich bin gestraft genug. Ich wohne im vierten Stock, ohne Lift, meine Beine tragen mich nicht mehr, jeden Tag werde ich daran erinnert, daß ich ein alter Mann bin, der sich nicht mehr richtig helfen kann, warum mißgönnst du mir diese Ehrung, die einzige Freude, die ich noch haben kann?«
Ich gebe ihm gar keine Antwort, dachte der Erzähler, es käme nur zum Streit.
Ich kenne diese Treppe gut, dachte er sich. Ich bin sie als Kind rauf und runter getollt. Und als die Schultasche schwer wurde und ich überhaupt wenig Grund sah, die Treppen nach Hause im Eiltempo zu nehmen, konnte es sein, daß der Vater in der offenen Tür stand und sagte: »Du gehst wie ein alter Mann.«
Heute geht mein Vater wie ein alter Mann, aber *daß* er gehen muß, ist selbstverschuldet. Wie oft haben mein Bruder und ich gesagt, so schön diese Wohnung auch ist, für alte Leute wird sie mühsam werden, wie oft hat mir mein Bruder erzählt, er hätte für die Alten eine schöne Wohnung gefunden, auch zentral, aber eben mit Lift. Zähe hat sich der Vater jedem Wohnungswechsel widersetzt. Er sei ein *Mann*, und ein Mann könne seine Füße gebrauchen, solange er lebt. Wie oft hat mir mein Bruder berichtet, er hätte sich Pläne beschafft von neuen, im Bau befindlichen Wohnungen, hätte dem Vater gesagt, da könne man

noch auf den Grundriß Einfluß nehmen, aber dem großen *Baumeister* pflegte es vor den *Hervorbringungen* der neuen *Kollegen* zu schaudern. Wohnungen, die stilistisch zumutbar gewesen wären, lehnte er mit der Behauptung ab, seine wertvollen Möbel seien dort nicht oder nicht richtig unterzubringen, und den Verlust, das Weggeben auch nur eines Möbelstückes, könne er der Mutter nicht zumuten.
Auch das Argument, die Wohnung würde für zwei alte Leute viel zu groß, daher vom Reinigen her nicht mehr zu bewältigen sein, hat nicht gezogen. Man könne sich ja dienstbare Geister leisten, hat der Vater erklärt, und später, hat mir mein Bruder erzählt, und später, als es soweit war, daß sie dienstbare Geister gebraucht hätten, hat er gesagt, der Vorstand einer so großen Familie hätte es nicht nötig, *fremde Leute*, womöglich *Ausländer*, in seiner Wohnung zu dulden, eine Familie wie er, der Vater, sie gegründet hat, eine Familie dieser Art hilft sich selbst.

Der Erzähler beschimpfte wieder seinen Bruder. Du hast dich in die Knie zwingen lassen, du Hosenscheißer, du hast dich abgefunden, du hast deinen Kindern nie die Wahrheit über ihren Großvater gesagt, du hast ihnen nie verraten, wie du zu ihm stehst, du hast dir seelenruhig angehört, wie der Alte gewürdigt hat, es sei lieb von den Kleinen, sich um ihre alten armen Großeltern zu bemühen. Bruder, ich könnte dich verprügeln! Ich hab dich angefleht,

nimm dir doch ein Beispiel an deiner Frau, die läßt sich von den Alten nicht auf den Kopf machen. Was hast du mir geantwortet? Du müßtest dir deshalb das Gejammer der Alten anhören: Was hat sie denn gegen uns? Was haben wir ihr denn getan?
Du hast alle meine Versuche, dich ein wenig aufzuhetzen, dich zu ermutigen, die Alten zur Wahrnehmung ihrer eigenen Lebensmöglichkeiten zu zwingen, abgeblockt. Du hast resigniert. Du hast nur gesagt: Du hast leicht reden! Du bist irgendwo! Ich hab sie jeden Tag am Telefon. Wenn ich versuche, mich nicht fertigmachen zu lassen, machen sie mich fertig. Im Grunde hat sich alles ganz gut eingespielt. Sie sollen tausend Jahre alt werden. Aber das ist ja für gewöhnlich nicht der Fall.
Bruder, solche Sachen hast du mir gesagt, du bist ein Idiot, aber ein lieber Bruder.

Jetzt gelang es dem Erzähler endlich einzuschlafen. Eine halbe Stunde später erwachte er, gestört vom Knistern eines Papiers. Es war das Fax, das er in der Hand hin und her knüllte.
Es war ihm nach Rache zumute. Nach einer kleinen Rache, aber nach einer Rache. Nach einer Rache an seinem Vater, auch im Namen des Bruders. Er beschloß, für seinen kommenden Erzählband eine Geschichte zu schreiben, eine Schlüsselgeschichte, wohl listig verfremdet, aber für seinen Bruder deutbar.
Es könnte die Geschichte eines Arztsohnes sein,

dachte der Erzähler, eines Arztsohnes, kurz nach dem Ende des Zweiten Weltkriegs geboren, der an seinem Übervater, einem bedeutenden Mediziner, zunächst zerbricht, sein Medizinstudium wegen Erfolglosigkeit abbricht, sich in den Wissenschaftsjournalismus rettet, dort endlich Erfolg hat, Fuß faßt und eines Tages, bei Durchsicht alter Archive, in schlimmstem Zusammenhang auf den Namen des Vaters stößt.
Der Konflikt des Sohnes, den Vater hochgehen zu lassen und ihn so zu besiegen oder ihn durch einen bewußten Gnadenakt zu demütigen, wäre der Plot der Geschichte.
Der Erzähler nahm den imaginären Dialog mit seinem Vater noch einmal kurz auf. »Daß du dich in Lebensgewohnheiten oder Redensarten dieses Arztes nicht wiedererkennst, das kann ich dir nicht versprechen«, sagte er zu ihm. »Tu, was du nicht lassen kannst«, antwortete – außerhalb jeder Logik – der Vater.

Der Erzähler sagte am nächsten Vormittag, nachdem er die kurze Ansprache des Kulturstadtrates von der vorabendlichen Einladung heruntergeduscht hatte, dem Bruder das Kommen zur Ehrenbürgerernennung des Vaters zu. Die Brüder vereinbarten zudem, der Erzähler würde zwei Tage davor in die Heimatstadt kommen, um – mindestens noch einen Tag bei den Eltern unangemeldet – mit dem Bruder eine ausgiebige Sauf- und Quatschtour machen zu können.

Der Bruder holte den Erzähler vom Bahnhof ab. Die beiden fielen einander in die Arme und spielten ihre Art von Zärtlichkeit durch.

»Du hast ja überhaupt keine Haare mehr«, sagte der Erzähler.

»An deinen sieht man, wie sehr Alkohol konserviert«, antwortete sein Bruder.

Dann fuhren sie in das Kaffeehaus des Bruders, um dessen Frau zu begrüßen, die gerade wenig Zeit hatte, da im Extrazimmer ein Sektfrühstück für eine geschlossene Gesellschaft zu arrangieren war. Der Bruder zeigte dem Erzähler den Umbau des Atriums. Schon wollte der anmerken, vorher wäre alles viel schöner gewesen, da nahm er den Stolz seines Bruders auf das neue Gesicht des Kaffeehauses wahr und schwieg.

Der Bruder wollte den Erzähler überreden, doch bei ihm, im Gästebett, zu wohnen, der aber bestand auf dem Hotel schräg gegenüber, er wolle der Frau des Hauses nicht zur Last fallen, sagte er.

Sie stellten den Reisesack des Erzählers im Hotel ab und begannen sofort zu bummeln.

Es war Sommer.

Zwei Männer, Mitte und Ende Fünfzig, als Künstler oder Bürger für neutrale Beobachter nicht auseinanderzuhalten, strolchten in Polohemden, die leichten Jacketts über eine Schulter geworfen, jeweils einen Zeigefinger durch die Kragenschlaufe gesteckt, durch die Innenstadt. Sie gratulierten sich zu ihrer

Existenz als Söhne eines Ehrenbürgers und begannen zu lachen. Sie erzählten sich bittere Episoden ihrer Kindheit und wunderten sich, daß jeweils der Bruder die eine oder andere Geschichte vergessen oder nie gewußt hatte. Sie zeigten einander die Lokale und die Parks, in denen sie gesessen waren, als sie sich wegen der katastrophalen Schulnoten nicht nach Hause trauten.
Und sie lachten.
Beim Stadttheater gingen sie vorbei, erinnerten sich an Sänger und Sängerinnen, die sie in den vom Vater verordneten, ihnen besonders verhaßten Wagneropern besonders komisch gefunden hatten.
Und sie lachten.
Nach der fünften Rast in Gasthäusern, Bistros oder Espressos hatten sie schon einen schönen Rausch. Der Bruder des Erzählers sagte: »Der Ehrenbürger kann stolz auf uns sein.«
Daraufhin bekamen die beiden einen derartigen Lachkrampf, daß Passanten kurz irritiert stehenblieben, bevor sie einen größeren Bogen um sie machten.
»Komm, wir fahren in das Park-Bad«, sagte der Erzähler.

Das Park-Bad war beider Paradies in den Zeiten der erwachenden Sexualität gewesen. Da gab es kaum einen Kabinengang, zu dem sie nicht noch eine kleine Geschichte wußten.
Die Brüder liehen sich zwei Badehosen aus, kleideten

sich um und amüsierten sich wie die Blöden über ihre nicht mehr sehr straffen Figuren in den auch nicht besonders vorteilhaften Leihbadehosen.
Sie gingen an den Rand des größten Pools, und der Bruder erzählte, wie er damals, als *Kleiner Bruder,* dem großen zusah, wie der es mit den Mädchen anstellte und wie er ihn sehr bald übertraf. Sie begannen in Episoden zu schwelgen und zu schweinigeln, was die Zoten- und Fäkalsprache nur hergab.
Sie übersiedelten an den Rand des Bades, wo der Platz für Ballspiele immer noch derselbe war, allerdings mit besserem Rasen und richtigen Toren versehen. Sie hockten sich hinter ein Tor und beschimpften sich, weil jeder behauptete, der mit Abstand bessere Fußballer gewesen zu sein.
»Ich akzeptiere, daß du ein Genie bist und ich ein Kaffeesieder, aber beim Kicken warst du leider eine Vollniete.«
»Das sagt ein Mensch, der sein Leben lang zwei linke Füße gehabt hat, und die verkrümmt, wie man heute noch sieht.«
»Das ist das Schicksal von Dichtern: sie verlieren den Blick für die Realitäten.«
Beide fanden, eine große Dürre sei im Anzug, und schlenderten – ein Herz und eine Seele – in Richtung Bier.
Am Nachmittag schlief der Erzähler im Hotel seinen Rausch aus und machte sich dann frisch für die Esseneinladung im Hause des Bruders.

Der Erzähler schätzte an seiner Schwägerin immerhin deren Kochkünste. Daher ließ er sich auch ausführlich vom Werdegang der Kinder und noch viel mehr von den überragenden Eigenschaften der Enkelkinder erzählen. Über das gelobte Essen kam das Gespräch, wie seit jeher jedes, auf die Eltern, der Bruder erwähnte, er könne es seiner Frau schlecht zumuten, die Eltern sehr oft einzuladen, weil die nie bereit waren, die Köchin zu loben. Die Familienessen fänden daher meist in ersten Lokalen statt, die der Vater dann aber immer als *zu teuer* befand, obwohl er den Bruder des Erzählers bezahlen ließ.
Man machte Programm für den nächsten Tag, legte fest, wann sich der Erzähler bei den Eltern melden sollte, wie man den Ehrenbürger und seine Frau zur Feier geleiten und es diszipliniert vermeiden würde, je über das der Stiftung vermachte Geld zu reden, mit der diese Ehrung erkauft war.
Die Schwägerin fragte, ob sie nicht noch Kaffee kochen solle, bevor sie mit den üblichen Begründungen für ihr Müdsein gute Nacht sagte.
Die Brüder wollten keinen Kaffee, ihnen war nach einem abschließenden Schluck Kognak. Den tranken sie jetzt nicht mehr so verrückt, sondern langsam, kultiviert. Jetzt plauderten sie auch in einem Ton, der diesem gediegenen Bürgerhaushalt angemessen war. Der Bruder erzählte von der Qualität eines neuengagierten Patissiers, vom Erfolg des Lokals beim verjüngten und doch konsumierfreudigen Publikum

und rückte die hemmungslose Begeisterung seiner Frau über die entwachsenen Kinder liebevoll ein wenig zurecht.
Der Erzähler berichtete von Erfahrungen mit diesem Kaffeehaus vergleichbaren gastronomischen Betrieben im Ausland, meinte die eine oder andere Erneuerung anregen zu sollen, der Bruder aber reagierte auf Vorschläge in seinem Bereich mit einem fachmännischen »Das geht bei uns hier nicht«.
Als dann der Bruder nach dem nächsten literarischen Projekt des Erzählers fragte, berichtete der von einem in Arbeit befindlichen Geschichtenband.
Er griff in die Brusttasche und zog etwa zwanzig Manusseiten heraus.
»In diesem Buch wird eine Geschichte drinstehen, über einen Naziarzt und dessen Sohn, du brauchst keine Angst zu haben, sie ist nicht lang, aber ich möchte, daß du die Geschichte kennst, bevor sie gedruckt wird.«
»Lies vor!«, sagte der Bruder des Erzählers.

Der Erzähler beendete die seiner Meinung nach besonders gelungene und daher sicher und gut vorgetragene Geschichte.
Der Bruder des Erzählers sagte ganz ruhig: »Ich bringe dich um! Wenn diese Geschichte erscheint, bringe ich dich um!«
Der Erzähler sah seinem Bruder in die Augen, wollte ergründen, wieviel an diesem Satz Ernst und wieviel

Spaß war. Der Mund des Bruders lächelte leicht, in den Augen stand tödliche Entschlossenheit.

Die Betonung liegt auf tödlich, dachte der Erzähler. So hat er noch nie mit mir gesprochen.

Der Bruder stand auf, ging im Zimmer auf und ab und bemühte sich, beherrscht zu bleiben. »Bist du irrsinnig? Ihn willst du treffen, mich triffst du. Glaubst du, der merkt nicht, wer da wer ist? Der merkt das genau. Und wem fällt alles auf den Kopf? Mir. Du bist dahin. Ich hab sie auf dem Hals. Jeden Tag. Jeden Tag wird der Alte sagen: *Warum tut er mir das an? Was ist das für ein Kind? Habe ich ihm je etwas getan außer Gutes?* Die Mutter wird daneben stehen und sagen: *Warum tut er ihm das an? Er hat ihm doch immer nur ...*«

Der Bruder bekam einen Wutanfall. Er brüllte, allerdings so leise, daß er seine Frau nicht weckte.

»Du hast deine läppische kleine Rache und ich die Scheiße am Hals. Spinnst du, sag einmal, spinnst du? Er wird Herzanfälle haben, aus Kummer natürlich, er wird mir sagen, er kann nicht mehr auf die Straße gehen, weil die Leute *mit Fingern* auf ihn *zeigen*, du willst ihn umbringen, wird er sagen, du hast schon immer nach seinem Leben getrachtet. Und ich soll ihn dann womöglich beruhigen: Lieber Vater, das hat mein Bruder nicht so gemeint, das ist eben Kunst, das verstehen wir nicht.«

Der Bruder baute sich ganz nah vor dem Erzähler auf, so daß der unwillkürlich zurückwich.

»Ich habe dir in dein Zeug nie reingeredet, es hat mich nie sonderlich interessiert, ich habe es auch nie so gut oder bedeutend gefunden wie du, aber diesmal sage ich dir – und nimm das bitte ernst: Wenn diese Geschichte erscheint, erschlage ich dich.«

Schade, dachte der Erzähler, schade um die Arbeit, schade um die Geschichte, aber die Sache hat ihr Gutes, ich kann mich einmal in meinem Leben bei meinem Bruder dafür revanchieren, daß er mir die Alten abgenommen hat.

Der Erzähler sagte kein Wort, er nahm die Seiten in die Hände und zerriß sie, von oben nach unten, von links nach rechts.

Nach einer kleinen Pause fragte der Bruder: »Du hast keine Kopie?«

»Nein«, antwortete der Erzähler.

Der Bruder setzte sich entspannt, aber noch blaß im Gesicht, wieder nieder.

»Ich weiß nicht, was ich mit dir gemacht hätte.«

Der Erzähler begann die geviertelten Blätter seiner Geschichte zu zerknüllen. »Kannst du dich erinnern, an diese Stelle im 1. Akt der *Bohème*, wo der Dichter singt: ›Den Schaden trägt das Jahrhundert‹?«

Der Bruder nickte und sang sie quäkend.

Und dann begannen die beiden so brüllend zu lachen, daß die Frau des Bruders im Schlafanzug auftauchte und fragte, ob denn nicht doch ein Kaffee sinnvoller wäre als der Kognak.

Nachwort

Nachdem die Ehrung des Vaters und die Nachfolgefeiern im Familienkreise in ungetrübter Harmonie abgelaufen waren, reiste der Erzähler wieder ab.
Er saß im Zug, ließ die vergangenen Tage, die Szenen mit seinem Bruder, ablaufen und empfand plötzlich so etwas wie einen kleinen elektrischen Schock:
Er hatte seinen Bruder – unwissentlich – angelogen.
Er besaß eine Kopie der vernichteten Geschichte.
»Bruder«, sagte er zu ihm, »was würdest du tun, wenn ich die Geschichte jetzt doch publizierte, wenn du sie in meinem neuen Buch ganz einfach fändest?«
Er ließ den Bruder antworten:
»Ich brächte dich nicht wirklich um. Das wäre mir zu mühsam. Ich würde nur ein für allemal wissen, für immer wissen, was ihr Literaten für ein voyeuristisches Pack seid, lächerliche Plünderer unseres Lebens. Ich würde nur ein für allemal wissen, für immer wissen, wie ihr die Wichtigkeit eures Geschreibes überschätzt.«
Er hat nicht unrecht, dachte der Erzähler.
Er ließ den Bruder noch einen Satz sagen. »Ich würde auch ein für allemal wissen, für immer wissen, was du für einer bist.«
Das ist mir zu riskant, mein lieber Bruder, dachte der Erzähler.

Zivilcourage

Können Sie sich noch an die DDR erinnern?
Ich hatte zu diesem Land ein merkwürdiges, aber sehr intensives Verhältnis. Einerseits konnte ich es nicht ausstehen, weil mir dort alles, was ich an Deutschtum nicht oder nur schwer ertragen kann, so geballt entgegentrat, andererseits habe ich dieses Land geliebt, weil es – ohne je gefragt worden zu sein – Exerzierplatz eines historischen Experiments war, eines Experiments, dessen Unsinnigkeit seit langem feststand, dessen ursprüngliche Legitimität aber – und damit möchte ich mich jetzt von anderen Spöttern deutlich unterschieden wissen – für mich nie in Frage stand.
Ich benahm mich in der DDR immer wie einer, der die Sitten und Gebräuche eines innerafrikanischen Stammes nicht kennt, daher bedacht ist, keinen beleidigenden Fehler zu machen, der von oben bis unten aus dem besteht; was man hierzulande *Takt* nennt.
Wir müssen hier unterscheiden zwischen dem politischen Gespräch und dem täglichen Umgang.
Als die Freunde und Kollegen, Bewohner einer wunderschönen Villa, zu vorzüglichem Kaffee und selbstgebackener Apfeltorte luden, wohl bemerkend, daß der Gast die Qualität der Grafiken an den Wänden nicht übersah, als diese Freunde noch den

einen oder anderen wichtigen Mann aus der *Kultur* geladen hatten, war es mir kein Problem, Sätze zu sagen wie: »Ich bin ein Anhänger der parlamentarischen Demokratie.«
Als dann einer dies als geworfenen Fehdehandschuh betrachten und das Duell beginnen wollte, erklärte ein anderer ganz rasch, *parlamentarische Demokratie*, das wäre ebendas, was man in der DDR hätte. Als ich diesem Frieden wiederum nicht zustimmen konnte, ergänzte der Vermittler, mich erklärend, ich würde unter der von mir gewünschten parlamentarischen Demokratie keineswegs die der Bundesrepublik Deutschland meinen. Da mußte ich nun wieder nicht widersprechen. Die Gesprächsfähigkeit blieb erhalten.
War ich im politischen Gespräch also in der Lage, Unruhe herzustellen, ständig Belehrungen und Erklärungen auszulösen, blieb ich auf dem Gebiet des täglichen Lebens, wo ich besonders zur Beschwerde neige, eher hilflos: dem der Dienstleistung, im besonderen in der Gastronomie. Ich habe seit vielen Jahren einen Lieblingssatz im Umgang mit unfreundlichen Kellnerinnen und Kellnern, der da lautet: »Macht Ihnen keinen Spaß, Ihr Beruf?« Diesen Satz auszusprechen war ich in der DDR einfach nicht in der Lage. Erstens hätte ich ihn ununterbrochen sagen müssen, was den Gag tötet, zweitens wäre ich mir schäbig vorgekommen. Denn: Warum hätte diesen Leuten ihr Beruf Spaß machen sollen?

Nur weil ich Gast war? Das anzunehmen wäre allzu vermessen gewesen. Ich war also – es sei eingestanden – bei Lokalbesuchen und auch bei offiziellen Banketten in der DDR stummer Dulder. Die Frage, ob dieser Dulder ein Feigling war, habe ich mir oft gestellt.

Heute, da ich die Rolle meines grenzüberschreitenden Botentums mit Abstand beurteilen kann, meine ich richtig gehandelt, besser: taktiert zu haben.

Aber es kam in mir zu einem Stau, zu einem Stau an Worten, die ich wegen der idiotischen, absurden, gigantischen Arroganz der in der DDR Weisungsbefugten hätte sagen mögen. Wobei sich Weisungsbefugnis auf allen Ebenen auswirken kann.

Verwaltet eine Klofrau drei, vier Sitzplätze, kann sie sich ihrer Weisungsbefugnis bedrohlich bewußt sein, kann sie jederzeit erklären, einer müsse auf die Kabine drei warten, obwohl die Nummer eins sichtlich unbesetzt ist. Es macht das Wesen der Diktatur aus, daß man dann schweißüberströmt auf die Nummer drei wartet, weil die Gefahr, im Falle des Protestes überhaupt nicht mehr kacken zu dürfen, allzu groß ist. Mein Stau an nicht ausgelebtem Protest wurde auch ständig vergrößert durch das Verhalten von Leuten an der Grenze – ich habe an anderer Stelle davon erzählt. Diese Schikanen und Kleinlichkeiten nicht zum Gegenstand großer Anfragen und Beschwerden gemacht zu haben hat mich immer gequält.

Also, der Stau war da. Die Stunde des Dammbruchs sollte kommen.
Sie kam in der Folge eines größeren Dammbruchs, der Öffnung der Berliner Mauer – falls Sie sich an die noch erinnern können. Ich hatte unter Mißachtung verschiedener Einbußen angestrebt, noch einmal eine Tournee durch dieses Land zu machen, das das, was es war, nicht mehr war, und das, was es werden sollte, erst recht nicht. Die DDR zwischen Wende und Zusammenschluß war ein Niemandsland, in seiner Zerrissenheit von mir nicht mehr beschreibbar. Ich weiß nur noch: Die Begegnungen mit manchen gescheiten Menschen waren schwieriger geworden. Da war soviel Verletzung, Verstörtheit, Neurose. Dennoch möchte ich keinen dieser Gesprächsmomente missen und hoffe, die Gesprächspartner sehen das auch so.
Irritierend für den Herumreisenden war: Es sah fast alles noch so aus wie vorher, aber das alte Regelwerk galt nicht mehr. Das hatte sich in weiten Kreisen herumgesprochen, aber da es ein neues Regelwerk noch nicht gab, wußte niemand so recht, woran er war. Deutsche Menschen lebten in einer für sie schier verzweifelten Situation.
Nicht unbedingt die niedersten Chargen. Denn die hatten gelernt, was sie zu tun hatten, nämlich für Ordnung zu sorgen. Und da alles, was sie an Ordnung gelernt hatten, in Ermangelung von Widerrufen nach wie vor Ordnung war, gingen sie ihrer

autoritären Beschäftigungslosigkeit in gewohnter Disziplin nach.

Die höheren Chargen, die Funktionäre, traten verändert auf. Sie begannen Planungspannen, organisatorische Unzukömmlichkeiten zu bedauern, sie sagten bei Kleinigkeiten, die sie vorzeiten, im Vollbesitz der Wahrheit, mit beinahe böser Überheblichkeit als korrekt angesehen hatten, es täte ihnen *leid*, sie könnten es eben noch *nicht so richtig*, sie seien *noch nicht soweit*.

Es war nicht einfach, das, was ich zu Beginn als *Takt* bezeichnet habe, noch richtig zu handhaben.

In einer der großen Städte hatte man uns in ein Hotel eingewiesen, das sich hinter einer schönen Fassade als verkommene Herberge entpuppte. Unsere Bestimmtheit, mit der wir auf Zimmern *mit Dusche* bestehen wollten, war sinnlos. Es gab in diesem Haus keine Zimmer mit Dusche.

Zwei Jahre zuvor hätte ich gesagt: »Freunde, die Gastgeber haben kein Geld, wenn die für unser Gastspiel mehr Geld brauchen, kommt es nicht zustande, und das können wir denen, die es unbedingt haben wollen, nicht antun.« Dieses Argument entfiel nun. Wir stiegen also in den Bus, fanden mit Mühe andere Zimmer, allerdings unter Androhung, sie in Valuta selbst bezahlen zu müssen.

Dazu kam es dann doch nicht, aber die Gespräche von vier Herren, in denen geklärt werden sollte, wer welches Hotel warum oder nicht bestellt hatte, die

Unmöglichkeit, wegen der Überfülle möglicher Verantwortlicher noch irgendeine Kompetenz zu klären, war eine posthume systemkritische Lehrstunde.
Der Wechsel des Hotels war meine erste emanzipatorische Tat auf dem Staatsgebiet der DDR. Damit war ich aber meinen Stau noch nicht los, er war allenfalls drängender geworden.
Es kam zum Gastspiel in einer zweiten großen Stadt. Wir hatten in einem Veranstaltungszentrum aufzutreten, das zur selben Zeit im Rundgang rund um den Theatersaal eine Ausstellung politischer Karikaturisten beherbergte: Zeichnungen, die auch nur die Lähmungen der Übergangszeit spiegelten.
Am zweiten Abend war ich wie immer mehr als eine halbe Stunde vor dem Auftritt in der Garderobe. Da das Publikum aber erst fünfzehn Minuten vor Beginn eingelassen wurde, konnte ich durch den Zuschauerraum schleichen und über mögliche Textvariationen nachdenken. Da sah ich bei den seitlichen Türen hinaus, bemerkte die Stellwände mit den Zeichnungen und dachte mir, schau sie dir genauer an, da vergeht die Zeit. Ich ging in den Seitengang, stand vor einer Wand, versuchte eine Warnung vor der Marktwirtschaft zu dechiffrieren, als sich irgendwo im Hintergrund eine von zwei beschäftigungslosen älteren Frauen erhob, mit einigen Schritten auf mich zukam und in jenem Ton, den ihr das Regime für den Umgang mit ungebetenen Fremden bei-

gebracht hatte, sagte: »Was machen Sie denn da? Sehen Sie nicht, daß die Ausstellung schon geschlossen ist?«

Sie blickte an mir vorbei, so daß ich mich – ihrem Hinweis folgend – umdrehte und eine im Gang quergestellte Kordel sah. Diese Kordel, das wurde mir in der Sekunde klar, hätte ich nicht übersteigen dürfen. Ich hatte sie nun aber nicht überstiegen, da ich aus dem Innenraum, also von der Seite, in die bereits geschlossene Ausstellung eingedrungen war.

Der Damm brach.

Ich war der wichtigste Mann des Abends.

Die Staatspolizei hatte die Macht verloren.

Ich sagte: »Wissen Sie was, lecken Sie mich am Arsch!«

Die Frau sah mich an. Ich werde ihren Blick nie vergessen. Sie war nicht beleidigt. Meine Antwort war außerhalb jeder der ihr bekannten Möglichkeiten, auf Mitteilungen von Aufsichtsgewalt zu reagieren. Sie begriff nichts mehr, nicht den Menschen, der ihr gegenüberstand, nicht die eigene Existenz. Stumm, für diese Art von Exotik nicht mehr zuständig, ging sie zu ihrer Kollegin zurück, setzte sich hin und war regungslos wie zuvor.

Heute möchte ich mich bei der Frau entschuldigen, wohl wissend, sie wird es nie erfahren.

Ich konnte und kann ihr nicht erklären, daß ihre simple Pflichterfüllung den physikalischen Moment auslöste, mich meines Staus an nicht ausgelebter Zivilcourage

zu entledigen, meine sieben Jahre DDR-Erfahrung mit fünf Ein- und Ausreisen loszuwerden.
Ich hatte mich entledigt.
Ich war losgeworden.
Leichten Schrittes ging ich in die Garderobe.

Geschichte ist klein. Posen in ihr sind lächerlich. Besonders armselig ist wohl die eben geschilderte. Und doch: Ich konnte die DDR nicht sterben lassen, ohne ihren Vernichtern diesen Satz nachgerufen zu haben.
Ich bin zufrieden, ihn wenigstens einmal losgeworden zu sein.
Können Sie sich noch an die DDR erinnern?

Die Socken des Kritikers

Die Bühnenbildnerin war eines der von der Natur mit überreichen Gaben ausgestatteten Geschöpfe. Sie war bildschön, groß, schlank, biegsam, rehäugig, sprach mit einer wunderbaren leicht abgedunkelten Stimme, die nur beim Lachen ganz hell wurde. Sie war Tochter eines berühmten Bildhauers, hatte es aber keineswegs dem Namen ihres Vaters zu verdanken, an der besonders guten und daher von vielen begehrten Akademie aufgenommen worden zu sein. Nein, es waren ihre eingereichten Blätter, die das Kollegium sofort von einer Ausnahmebegabung sprechen ließen.

Nach kurzer Studiendauer schon hatte sie als Assistentin eines – von ihr immer schon verehrten – internationalen Spitzenmannes beginnen können, und nicht, weil sie sich angeboten hatte, nein, weil er gekommen war und gesagt hatte: »Hätten Sie Lust, bei mir mitzuarbeiten?«

Männer konnte sich dieses Mädchen – wen wundert das nach der bisherigen Beschreibung – aussuchen. Sie aber machte von dieser Möglichkeit keinen Gebrauch, denn sie hatte ihre große Liebe schon gefunden, einen Medizinstudenten, Mitglied des Nationalkaders der Florettfechter, Sohn einer alteingesessenen Gutsbesitzerdynastie, ein Bild von einem

Mann. Die Freundschaft mit diesem jungen Mann bot als Freizeitwert, als Ergänzung des Wesentlichen, noch den offenen Sportwagen, das verschwiegene Jagdhaus und den Wanderweg am Privatbach. Wenn von uneingeschränktem Glück gesprochen werden kann, dann von dem dieses Paares.

Denn – und das hat bei aufgeklärten, intelligenten jungen Menschen mit Glück zu tun – die beiden hatten nicht übermäßig viel Zeit füreinander, sie liefen nie Gefahr, aneinander zu kleben. Sein Medizinstudium erforderte im Verein mit dem Fechttraining viel Zeit, die Bühnenbildnerin war, dem Meister immer unentbehrlicher werdend in Sachen Assistenz, des öfteren in anderen Städten, auch schon in Übersee.

Das Thema Treue behandelte sie unpanisch. Man wußte, man lebte füreinander, jedes Wiedersehen war die Bestätigung, immer ein großes, romantisches Fest.

Die Bühnenbildnerin war auch – das zu vergessen wäre für die Erzählung verhängnisvoll – ein besonders gut gekleidetes Mädchen. Natürlich fällt es schönen, quasi dem Katalog entstiegenen Körpern leichter, sich zu umhüllen, eine Person dieser Bauart kann in die besten Läden gehen, mit dem Finger auf ein Stück zeigen und das Geschäft mit einer passenden Sache verlassen. Aber, wenn wir von Geschmack sprechen, dann zielen wir höher. Dann meinen wir das Definieren des eigenen Typs, das Schaffen von

Unverwechselbarkeit durch Zuordnung von Schnitten und Farben.
Nun, was dieses Mädchen trug, war das Unauffälligste an unübersehbarem Chic, das vorstellbar ist. Von dieser ihrer Unfehlbarkeit profitierte auch ihr Freund, der Medizinstudent und Florettfechter, sehr, denn der kam in modischer Hinsicht aus einer langweiligen Gutsherrentradition, der er sich allzu auffallend und allzu trendbewußt widersetzte. Liebevoll redete die Bühnenbildnerin ihm seine Zeitgeistgewandungen aus, meist, indem sie ihm Alternativen schenkte, die auch nicht konventionell, aber eben schön waren.
Idyllen der geschilderten Art sind befristet, wenn sich die berufliche Karriere mit ihren Gesetzmäßigkeiten einstellt. Es kam der Tag, an dem ein Opernregisseur, der die Bühnenbildnerin als schon sehr selbständig arbeitende Assistentin ihres Meisters kennengelernt hatte, Intendant eines Staatstheaters wurde, dort das seiner Meinung nach allzu eingesessene Personal entließ und Platz für Neuengagements schuf. Frei war so auch eine erste Position im Ausstattungswesen geworden, und die bot der Intendant der schönen Bühnenbildnerin an.
Es ist seltsam in diesen Berufen. Man arbeitet auf den Tag eines derartigen Angebotes hin, hofft darauf, rechnet damit, wird aber doch wie vom Blitz getroffen, wenn es kommt. Denn eine Absage wäre vor der Karriere kaum zu verantworten, eine Zusage aber

bedeutet einen Ortswechsel, bedeutet eine schwere Prüfung für eine Beziehung, besonders wenn sie die große Liebe ist.
Die Bühnenbildnerin besprach sich mit ihrem Medizinstudenten und Florettfechter. Der sagte: »Wenn dir so dran liegt, dann mach es, irgendwie liegt es zeitlich ideal, ich habe jetzt meine – hoffentlich – beiden letzten Semester vor mir, ich muß lernen wie ein Irrer, mich haben die letzten Trainingslager auch arg viel Lernzeit gekostet, mach's, ich besuch dich, wie ich kann, was sind acht Stunden Eisenbahn, ich kann während des Zugfahrens lernen.«
Die Bühnenbildnerin erzählte ihrem Meister, sie würde laut Angebot mit der *Carmen* als Eröffnungspremiere der neuen Ära beginnen und im ersten Jahr noch einen Mozart und eine Uraufführung ausstatten. Der sagte: »Ich muß Ihnen nicht sagen, wie ungern ich mich trenne, aber worüber denken Sie noch nach? Das ist von der Größe her das ideale Haus vor der ganz tollen Karriere, und die machen Sie, glauben Sie mir.«

Jetzt war also die Bühnenbildnerin in der Stadt mit dem Staatstheater. Ihr Glück hatte sie nicht verlassen.
Im Theater herrschte die Aufbruchsstimmung eines jungen Teams, die Technik und der Malersaal akzeptierten sie schon nach den ersten sachlichen Kontakten, ja, man wunderte sich – wie bei einer so

schönen Frau üblich – über die bestechende Professionalität des neuengagierten Mitglieds.
So wie sie im Theater erstklassige Arbeitsbedingungen vorgefunden hatte, fühlte sie sich in einer Mietwohnung in der Altstadt wohl, die ihr Geld wert war, weil die Fenster der Rückseite den Blick auf einen kleinen Fluß und die dahinterliegende, verwachsene alte Stadtmauer freigaben. Dieser Platz an den Fenstern war ein geradezu traumhafter für die Arbeit mit dem Skizzenblock.

Die Vorstellung der schönen Bühnenbildnerin von *Carmen* deckte sich mit der des Regisseur-Intendanten. Sie wollte nicht das tradierte Opern-Sevilla bauen, sondern die Vorstadt, die Provinz. Ihre Zigarettenarbeiterinnen sollten nicht frisch geschminkt aus der Maske, sondern notdürftig gewaschen aus der Fabrik kommen. Ihre Schenke war weniger Vergnügungsetablissement als Ganoventreff, die Schlucht nicht wildromantisch, sondern kalt und grausam, der Platz vor der Stierkampfarena wurde zu einer Menschenarena, zu der des Entscheidungskampfes zwischen Carmen und José.
Was diese vier Bilder so magisch machte, war, daß sie wie *ein* Bild wirkten, ein Bild in Variationen. Farben, Motive *gingen durch*, alles diente dem Ablauf *einer* Ballade.
Die Premiere war umjubelt. Die jungen Sänger machten das Fehlen stimmlicher Sonderklasse durch

körperliche Authentizität wett, der Regisseur hatte Mut zur Aktion, der Dirigent begriff die Musik schlank und nicht fettig, und alles wurde zusammengehalten durch den Formwillen der schönsten Frau, die sich je in diesem Theater verbeugt hatte.

Der Kritiker der einzigen bedeutenden, überregionalen Zeitung dieser Stadt hatte eine weitgehend gute Meinung über diese Premiere, mit einer krassen Ausnahme:

»Schade, daß die neu und wohl fahrlässig längerfristig an das Haus gebundene Ausstatterin die Opernbühne mit einer Boutique verwechselt. Da fehlt es an der großen Linie, da fehlt es an der ästhetischen Konzeption, das ist nichts als modische Koketterie, die sich als Stil ausgibt, die Farben gefallen sich in Disharmonie bis zur schlichten Geschmacklosigkeit.«

Die Bühnenbildnerin saß in einem leichten weißen Bademantel vor dem sonnenüberfluteten Frühstückstisch, hörte die Vögel von der Stadtmauer zwitschern und heulte. Die Tränen flossen in die Honigschale und auf das Croissant. Sie zerknüllte die Zeitung, rief bei ihrem Freund an, den sie aber nicht erreichte, rief ihren Meister, den berühmten Bühnenbildner, an, erreichte dort nur dessen neue Assistenz, worauf sie nichts als kurz Grüße bestellte, legte wieder auf, schüttete sich eine Tasse schwarzen Kaffee hinein und heulte noch einmal.

Es war die erste Niederlage ihres Lebens, wenn wir

von einer mißlungenen Lateinarbeit in der siebten Klasse absehen.
Diese Kritik war ihr in jeder Hinsicht so unbegreiflich, ließ ihr keine Chance zum Argumentieren, war im Vernichtungswillen zu überdimensioniert, nahm ihr jegliche Luft. Sie hatte schon Kritiken über die Arbeiten ihres Meisters gelesen, die nicht immer nur jubelnd waren, die einschränkten, ja eine gewisse Mißgunst erkennen ließen, was sie das eine oder andere Mal auch richtiggehend empört hatte. Aber nie war es eine Kritik gewesen, die dem Bühnenbildner den Rang, die Berechtigung, diesen Beruf überhaupt auszuüben, absprachen! Sich in Fragen der Ästhetik, des Geschmacks, also auf dem Gebiet ihrer angeborenen Domäne, disqualifiziert zu lesen hatte für die schöne Bühnenbildnerin den Stellenwert eines Messerattentats.
Die kuriosesten Gedanken gingen ihr durch den Kopf. Mit dem Taxi zum nächsten Zug wollte sie fahren und auf Nimmerwiedersehen abhauen. In die Redaktion wollte sie gehen und dem Mann in die Eier treten. Widerlich kitschige Entwürfe wollte sie zeichnen, dem Kritiker schicken und dazuschreiben: Wäre Ihnen das lieber?
Langsam nur kehrte die Lebensfreude zurück. Daran war der Anblick nicht unbeteiligt, den sie sich im Spiegel bot, als sie aus der kalten Dusche kam und ihr braunes Haar zu bürsten begann. Sie sah an sich hinab, als ob ihr dieser Körper nicht bekannt sei,

dachte, das wirst du nie sehen, du Arsch!, und begann sich – zum ersten Mal seit der Trennung – wie verrückt nach ihrem Freund zu sehnen.

Im Theater empfing sie der Intendant mit dem richtigen Ton.

»Damit müssen wir leben, ich weiß, das sagt sich leicht, wenn man ausnahmsweise nicht selbst betroffen ist, aber ich hab's auch lernen müssen.« Und er lenkte das Gespräch sofort auf die kommenden Projekte.

Sie hatte sich über den geplanten Mozart schon Gedanken gemacht, konnte sie auch gut und mit überzeugendem Feuer erläutern, brach nur einmal in ihrer Interpretation ab und starrte auf die eben hingeworfene Skizze.

»Was haben Sie denn?«, fragte der Intendant.

»Ich habe mich gefragt, ob der Herr das nicht auch geschmacklos findet«, sagte sie.

»Spielen Sie nicht verrückt.«

Als ein nachmittägiges Telefonat ergab, der Freund würde über Samstag und Sonntag zu Besuch kommen und am Sonntag – da war *Carmen* angesetzt – unbedingt die Vorstellung, vor allem aber ihre Bühnenbilder, sehen wollen, war die Katastrophe fürs erste überwunden. Das Leben konnte, wenngleich nicht ganz so wie bisher, weitergehen.

»Wollen Sie wissen, wie dieser Mann aussieht, der Sie so liebt?«, fragte im Vorbeigehen ein altgedienter

Meister im Malersaal die schöne Bühnenbildnerin. »Der Typ ist heute spätabends im Fernsehen.«
Ja, sie wollte ihn sehen, und wie sie ihn sehen wollte, und sie wollte ihm auch gut zuhören, wenn er eine Kulturdiskussion unter dem Titel *Wesen und Chancen des Operntheaters außerhalb der Weltmetropolen* leitete. Konzentriert saß sie, einmal mit der linken und einmal mit der rechten Hand nach der Tasse mit Malventee fassend, vor ihrem kleinen Fernsehapparat und wartete gierig auf den ersten Schnitt auf den Leiter der Diskussion.
Da saß er nun, der Mann, der *es gewagt* hatte. Da saß er nun und sprach, stellte die Diskussionsteilnehmer vor, erhoffte sich *Anregendes* und *Kontroverses.*
Zunächst nahm die Bühnenbildnerin an dem Mann nur wahr, daß er sich beobachtet fühlte, von einer Kamera beobachtet, und nicht die Souveränität hatte, sich einfach beobachten zu lassen, sondern bei jedem Wort, das er sagte, bei jeder Kopfdrehung, die er für angebracht hielt, sich fragte: Wie komme ich?
Zufrieden schlug die Bühnenbildnerin ihre langen Beine übereinander. Er fühlt sich nicht wohl in seiner Haut, dachte sie, wie beruhigend. Dann untersuchte sie sein Outfit, und da stockte ihr der Atem. Der Kritiker, in dessen Besprechung ihrer Arbeit die Worte *Geschmack* und *Ästhetik* nicht zu knapp vorgekommen waren, hatte ein Hemd an, das ihm jede stellvertretende Gewandmeisterin der *hinterletzten Provinzklitsche* vom Leib gerissen hätte. Ein Hemd,

das bei breitschultrigen, blondgefärbten, goldkettchentragenden Zuhältern zum Kostüm gehört, an dem eher kleinen, leicht fetten und angeklatscht frisierten, nervös auf seinem Sitz wetzenden Intellektuellen aber grotesk war, in seiner Geschmacklosigkeit nicht mehr einzuordnen: Ein glitzerndes Seidenhemd mit ineinanderrinnenden Farben, in denen Violett und Gelb dominierten, dazu trug der Mann einen braven, nach Buchhaltung riechenden graubraunen Treviraanzug. Der Höhepunkt seiner Selbstverstümmelung aber waren die Socken, die er zu Schuhen aus Plastik trug. Es waren die Socken jener Firma, die zur Zeit in den Illustrierten mit ganzseitigen Farbanzeigen warb, die Socken, deren Karo und deren Farben den aufstrebenden, dynamischen jungen Managertyp zu symbolisieren hatten. Socken, bei deren Anblick schon im Glanzpapierinserat die Bühnenbildnerin ein ästhetisches Ekelgefühl verspürte, Socken, die an den schwarz behaarten Beinen des Kritikers in Treviraanzug und superpoppigem Hemd für sie aber den Stellenwert geschmacklicher Apokalypse hatten.

Ihr Blick fraß sich an den Socken des Kritikers fest, sie hörte keine Sekunde mehr zu, was geredet wurde, sie sagte sich in Gedanken nur immer wieder Passagen seines Verrisses ihrer Arbeit auf und verglich diese Feststellungen mit dem Anblick der Socken.

Sie hatte gesiegt. Sie fühlte sich befreit. Sie hatte in allem und jedem vor den Göttern der Schönheit

recht. *Ihr* Geschmack war es, der sich vor dem Olymp nicht zu verstecken hatte. Und schon überhaupt nicht vor einem Mann mit diesen Socken.
Sie begann zu zeichnen. Sie zeichnete Figurinen, leicht dickliche Männer mit überdimensionalen, scheußlichen Socken. Sie zog den Männern Sockenmasken über das Gesicht, und diese Masken hatten das Aufsteigerkaro in der penetranten Farbkombination. Zum krönenden Abschluß ihrer Rache zeichnete sie den Kritiker von hinten und karierte seine Arschbacken.
Im Hochgefühl befreiender Aggression träumte sie in dieser Nacht von Männern in entlarvenden Socken. Die Socken waren ihrer Seele zum Symbol der geschmacklichen Gegenwelt geworden.

Zwei Tage später reiste der Medizinstudent und Florettfechter an. Selig sah sie ihn schon hinter der Wagentür stehen, bevor der Zug nur wenige Meter danach stillstand. Strahlend lächelte sie ihm entgegen, voll von Geschichten, die erzählt werden, voll von Zärtlichkeiten, die gelebt werden mußten. Sie sah, wie er die Tür öffnete, den einen Fuß auf die Treppe setzte, sich mit dem anderen lässig herunterschwang, und konnte es nicht übersehen: Er trug die Socken. Identisch in Farbe und Dessin.
Eine Stunde später, als das stattfand, was in der Fachliteratur das Vorspiel genannt wird, stand sie plötzlich vom Bett auf, entzog ihre makellosen Brü-

ste seinem Blick und sagte: »Tut mir leid, aber das wird nichts mehr.«

Von diesem Tag an verliefen weder Karriere noch Liebesleben der schönen Bühnenbildnerin so geradlinig wie bisher.

Der Zauberer

Der Name des Zauberers hatte überhaupt nichts mit der Figur des Inders zu tun, als der er auftrat. Man stelle sich vor, da wird ein Mann angekündigt, der heißt wie ein Slowake oder ein Spanier, und es kommt ein Inder. Das könnte stören. Bei diesem Zauberer aber, der, wie ich viel später erfuhr, ursprünglich Ungar war, spielte die Unstimmigkeit zwischen Namen und Figur keine Rolle, denn er war der beste Zauberer aller Zeiten.

Das wußte ich sofort, als ich damals, ich war vielleicht Mitte Zwanzig, gewohnheitsmäßig in den gerade gastierenden Zirkus ging. Ich wußte: Ich sehe den besten Zauberer aller Zeiten. Heute freilich räume ich ein, es ist unsinnig zu sagen, *der beste Zauberer aller Zeiten*, man kann ja auch nicht sagen: der beste Geiger, der beste Pianist, denn jeder hat seinen Stil und seine besonderen Fähigkeiten. Dennoch beharre ich auf der Wertung: der für mich beste Zauberer aller Zeiten. Was soviel heißt wie: der beste Zauberer aller Zeiten. Auf dem Gebiet der bewundernden Liebe gibt es zum Glück kein Relativieren.

Seit ich den Zauberer zum ersten Mal gesehen hatte, konnte ich seine besten Tricks sehr gut beschreiben, konnte ich sagen: Wißt Ihr, was der Mann gemacht hat?, und meine Beschreibung stimmte. Ich animierte immer wieder Freunde und Freundinnen zum gemeinsamen Zirkusbesuch, erzählte ihnen vorher, was sie erwartete, freute mich an ihrer Ungläubigkeit und doppelt an ihrer nachträglichen Feststellung, dieser Zauberer sei in den Tat unfaßbar.

Ich könnte Ihnen seine Tricks auch hier darstellen, aber ich hoffe, wir sind uns einig, es wäre Unsinn. Papier ist geduldig, ich könnte lügen, Sie haben keinen Grund, mir zu glauben, der Zauberer hätte tatsächlich so faszinierende Tricks gekonnt, wie ich sie berichte.

Was ich aber beschreiben kann, sind Stil und Ausstrahlung des Zauberers.

Er betrat die Manege oder die Bühne heiter. (Natürlich ist das eine gespielte Heiterkeit, verständlich, wenn man womöglich zweimal täglich aufzutreten hat, aber das ist für den Betrachter gänzlich irrelevant.) Ich wiederhole: Er betrat die Manege oder die Bühne heiter, er strahlte Vorfreude aus; die Ungläubigkeit der Menge, das Staunen, die Verblüffung, kurz: alle Reaktionen, mit denen er erfahrungsgemäß zu rechnen hatte, machten ihm Spaß. Holte er sich seine *Opfer* aus dem Publikum, dann behandelte er sie als Partner, schien auch selbst nicht begreifen zu können, warum die Spielkarte, die die Opfer doch eigenhändig und vor aller Augen zerrissen hatten, sich ausgerechnet in ihrer Brieftasche unversehrt wiederfand. Er vermittelte uns Armen, Ungeschickten, die wir nicht in der Lage sind, unseren Mitmenschen das Unwahrscheinliche, das nicht Menschenmögliche vorzuführen, immer das Gefühl, er, der Zauberer, sei auch so ein Trottel, er hätte nur das Glück, Zauberer zu sein, sei also vom Schicksal mit dem unverdienten Privileg ausgestattet worden, zu erfahren, wie man so was Wahnwitziges macht und wie man es – vorausgesetzt man hat die Zähigkeit eines Goldsuchers – auch erlernen kann.

Sehr hing die Wirkung des Zauberers auch mit choreographischer Präzision zusammen. Jede Körperdrehung, jedes *Voilà*, jedes Lachen, jedes Hochziehen der Brauen, alles kam auf den Punkt genau. Ich bin sicher, die Dauer seines Auftrittes differierte niemals um mehr als eine Minute. Dennoch – und deshalb diese Anmerkung – mußte das Publikum, wenn der Zauberer lachte, das Gefühl haben, es sei etwas Unvorhergesehenes passiert, was den Mann so besonders erheiterte.

Der Applaus, den der Zauberer erhielt, war der Applaus von Glücklichen, und der Zauberer schien einer der Ihren zu sein.

Ich breche die Beschreibung des Zauberers ab, denn sie läuft Gefahr, in eine Vorlesung über meinen Begriff von Bühnenästhetik auszuarten.

Ich bitte Sie nur, mir zu glauben, daß ich jahrelang allen Leuten, die sich für Schaugeschäft im allgemeinen und Zauberei im besonderen interessiert haben, mit der Beschreibung des besten Zauberers der Welt auf die Nerven gegangen bin. Natürlich nicht jenen,

die ihn gekannt haben, denn die stimmten in die Schilderung immer ein.
Es vergingen Jahre.
Der Zauberer war für mich Geschichte.

Eines Tages stand sein Name wieder auf dem Plakat: groß, unübersehbar, als die Top-Sensation des circensischen Unternehmens.
Fiebernd wie ein kleines Kind, saß ich in der Loge. Die Sprecherstimme kündigte an, der Tusch leitete ein, der Spot holte ab. Da stand der Inder mit dem unpassenden Namen und war etwa fünfundzwanzig Jahre jünger. Ein rascher Blick in das Programmheft belehrte mich, ich hatte auf dem Plakat ein kleines *junior* überlesen. Es war der Sohn des besten Zauberers aller Zeiten.
Er war die Wiedergeburt, die Neuauflage, die Kopie. Er konnte alles, was sein Vater konnte, er hatte an der Nummer nicht das mindeste verändert, er exekutierte sie.
Ich sah bald nicht mehr sehr konzentriert zu, ich kannte ja jede Bewegung, ich begann mir zu überlegen, ob ich mit der Annahme, der Junior hätte nicht ganz den Erfolg des Vaters, nicht einer Täuschung unterliege, einer Täuschung, die auf der Verklärung des einstmals Gesehenen beruhte. Auch dachte ich darüber nach, daß alles, was der junge Mann zauberte, für eine neue Generation wieder völlig neu war, mein instinktiver Einwand gegen die Neuauflage

wahrscheinlich nichts anderes als die Blasiertheit der Erfahrung.
Doch dieser Zauberer gefiel mir nicht, sosehr ich mich auch wehrte, mir dieses Mißfallen zu gestatten.
Im Pressewagen des Zirkus traf ich einen alten Bekannten, der sich seit Jahren als vorausreisender Pressechef von Zirkusunternehmen sein Geld verdiente. Er war ein echter Baron – warum er vom rechten Weg des guten Hauses abgekommen war, hat er mir nie erzählt – und lange Artist gewesen, Fänger einer Trapeztruppe. Jetzt saß er, jede Menge Wasser in den bandagierten Beinen, kurzatmig da und beantwortete die Fragen der journalistischen Volontäre, die wissen wollten, ob die in sechster Generation aus dem Tiergarten stammenden Raubtiere direkt aus Afrika eingeflogen worden wären.
»Arbeitet der Alte nicht mehr?«, fragte ich ihn, als wir allein waren.
»Doch«, sagte er, »und wie! Der hat ein paar Jahre pausiert, weil da war irgendwas mit der Galle, aber soviel ich weiß, ist er zur Zeit in Las Vegas und räumt ab wie eh und je. Den Alten mußt du immer noch vier Jahre im voraus buchen.«
»Wie findest du den Sohn, jetzt einmal ganz ehrlich?«
»Fantastisch ist der Junge. Fantastisch. Aber der Vater ist er nicht.«
»Das Gefühl hatte ich auch. Aber woran liegt's?«
»Man hat's oder man hat's nicht«, sagte der Baron.
Mit dieser Antwort war ich unzufrieden. Es muß sich

allzeit bestimmen lassen, was einer hat und was nicht, bei Zauberern und bei anderen.

Es vergingen noch einmal Jahre. Ich hatte den Beruf gewechselt und war – in gewisser Weise – Kollege des Zauberers geworden. Ein bei dieser Gagenhöhe ohne Zögern angenommenes Engagement für eine interne Gala eines Mediengiganten führte mich in ein Luxushotel in den Schweizer Bergen.
Ich saß im Café und wartete auf einen Vertreter der Veranstalter, der mir endlich einmal verbindlich sagen sollte, welche Nummern in welcher Reihenfolge ich anzuconferieren hätte, als ich ein paar Tische weiter einen älteren, sehr abgemagerten Herren mit allzu kastanienbraun gefärbten Haaren sah – den besten Zauberer aller Zeiten.
Ich ging hin, machte mich bekannt und fragte:
»Wissen Sie, wann ich Sie zum ersten Mal gesehen habe?«
»Erspar mir das, Freund«, sagte er.
»Arbeiten Sie im Moment in Europa?«
»Nein. Sie haben mich eingeflogen. Ich weiß auch nicht, warum ich noch solche Sachen mache. Ich glaub, ich spinn.«
Über die Jahrzehnte hatte sich der Bodensatz des ungarischen Akzents nicht aufgelöst.
Da saß er also, *der beste Zauberer aller Zeiten*, und kam mir ohne sein indisches Kostüm vor wie ein gemütlicher, kränkelnder, leicht verwirrter Rentner.

Am Abend sah ich seiner Nummer von der Bühnenseite zu, was heißt Bühnenseite, man hatte in der schönsten Konferenzhalle des Nobelschuppens so etwas wie ein Podium gebaut und die Auftritte mit Stellwänden abgedeckt. Ich war dem Zauberer also auf drei Meter nahe. Er machte seine Nummer, seine *routine*, sein Lebenswerk in dreißig Minuten. Hätte man nur seinen Sohn gesehen, man hätte denken können, er kopiere ihn.
Es war alles wie immer, es war faszinierend, es war grandios. Kurz nur hatte ich das Gefühl, er hätte Schwierigkeiten mit dem Atem, ich meinte auch, er schwitze allzu stark, aber das war wohl nur die Nähe, die mich das bemerken ließ.
Nach wenigen Manipulationen und den dazugehörigen Kommentaren war ich dem Zauber des Zauberers völlig erlegen.
Nein, sagte ich mir wie einst, das gibt es nicht! Nein, das gibt es doch nicht! Nein, das kann es nicht geben! Ich werde wahnsinnig!
Daß dieses Publikum – hinter Champagner hervorlugend – eher gönnerhaft als hysterisch reagierte, störte mich nicht. Der Mann war ganz einfach der beste Zauberer aller Zeiten.
Langsam begann ich zu begreifen, was an seinem Sohn nicht gut war. Warum er nicht gut war. Aber ich wollte es mir erst vom Vater bestätigen lassen, bevor ich es endgültig glaubte.
»Trinken Sie noch ein Glas Wein mit mir?«, fragte

ich, als die animierte Festveranstaltung einen Transvestiten um die dritte Zugabe bat.
»Ich darf nicht, wegen der Galle. Welchen trinken wir denn?« Und er lachte.
Kurz bevor die zweite Flasche eines kalifornischen Roten – auf dem hatte der Zauberer bestanden – leer war, sprach ich mein Thema an.
»Ich habe Ihren Sohn gesehen.«
»Hat er Ihnen gefallen?«
»Jaaa – aber –«
Ich kam nicht dazu, meine Frage zu formulieren. Ich brauchte zu lange, um mich für eine Wortwahl zu entscheiden, die den Vater möglichst nicht verletzte.
»Er hat einen Fehler«, sagte der Zauberer. »Er hält die Leute für blöd. Er kann die Tricks zu gut. Seit er so klein war, hat er sie mir abgeschaut, seit er so klein war, hat er sie gekonnt, er hält die Leute für blöd, die nicht merken, wie es geht. Er weiß nicht, daß er es auch nicht merken würde, wenn ich nicht sein Vater wäre. Er verachtet das Publikum. Die meisten merken das nicht, ein paar merken es. Aber er hat es wahrscheinlich nicht leicht gehabt mit mir als Vater. Mein Vater war Bäcker. Kein Zauberer.«
»Wollten Sie, daß er Ihre Nummer weitermacht?«
»Sind Sie verrückt!? Er sollte Arzt werden, ein Arzt in der Familie ist nie ein Fehler. Er wäre ein wunderbarer Arzt geworden. Als Zauberer ist er – na ja. Er ist schadenfroh. Er hält die Leute für blöd. Ich kann nichts dafür.«

Ob der Zauberer heute immer noch auftritt? Ich weiß es nicht, nehme aber an: nein. Der Baron ist tot, das weiß ich, ich hätte ihm gerne von der Begegnung mit dem Zauberer und der Beurteilung des Sohnes erzählt. Der Junior ist eine in aller Welt gefragte Nummer. Einmal, so bald noch nicht, aber einmal werde ich ihn mir wieder ansehen. Ich will ihm nicht unrecht tun.

Der junge Mann und die Chance

Der Titel ist eine bewußte Variation. Warum, soll die folgende Geschichte klarstellen.
Der junge Mann kam mit seiner Freundin aus dem Kino und war glücklich. Der Film, den die beiden gesehen hatten, war noch schlechter als die schaurigen Kritiken. Selig vor Schadenfreude, tanzten die jungen Leute in Richtung Lieblingslokal.
»Sind das Idioten?«, jubelte er.
»Recht geschieht ihnen«, sagte sie.
Der junge Mann hatte für diesen Film nämlich ein Buch geschrieben. Er hatte dem Produzenten genau erklärt, was an der dem Film zugrundeliegenden, leicht verstaubten Erfolgskomödie filmisch sei und was nicht, was man so lassen könne und was man neu erfinden müsse. Der Produzent, der den jungen Mann entdeckt, nach einer Lesung *Junge Humoristen stellen sich vor* angesprochen und für den Film interessiert hatte, war ganz und gar vom Konzept des jungen Mannes überzeugt gewesen, hatte mit ihm einen kriminellen Pauschalvertrag gemacht, ihm für das fertige Drehbuch ein Drittel der Gesamtsumme bezahlt und ihm dann *zu seinem größten Bedauern* mitteilen lassen, der engagierte Regisseur könnte sich mit dieser Art der Bearbeitung überhaupt nicht identifizieren und schriebe sich das Buch selbst.

Das war alles vor einem Jahr gewesen.

Jetzt lief der Film seit einer Woche in den Kinos, und es war abzusehen, daß er diese Woche nicht lange überleben würde. Szene für Szene beschreibend, wiederholte der junge Mann bei Wein und Spaghetti seiner Freundin, vor welchen Fehlern sein Buch das Werk bewahrt und mit welch tödlicher Sicherheit dieser Regisseur jeden von ihnen gemacht hätte. Die jungen Leute waren stolz auf sich und hatten noch einen langen, schönen Abend.

Der junge Mann war noch nicht lange *freier Schriftsteller*, doch gab es Verdachtsmomente für die Richtigkeit des Entschlusses, die ordentlich bezahlte Stellung als Sekretär der *Literarischen Gesellschaft* in der Hauptstadt aufgegeben zu haben. Der Funk konnte mancherlei brauchen, in Zeitungen war einiges zu plazieren, auch in Literaturzeitschriften, das aber weitgehend honorarlos. Mit Büchern für Folgen von Fernseh-Dauerserien hatte sich der junge Mann auch schon eine gediegene Drehbucherfahrung erschrieben. Er konnte also die Miete für ein aufgelassenes Bauernhaus am Stadtrand bezahlen, zumal seine Freundin, die an der Musikhochschule Flöte studierte, Anfängern Unterricht erteilte. Die jungen Leute hatten sich das alte Haus mit geringen Mitteln sehr funktionell hergerichtet, hatten jeder für sich einen Arbeitsraum und unter dem Schrägdach im ersten Stock das Kommunikationszentrum, wie sie ihr Bett gerne nannten.

Der junge Mann war von brennendem Ehrgeiz. Er wußte, welche Wiesen er einmal zu diesem Haus dazukaufen wollte, würde er es erst einmal erworben haben. Er wußte, welche Art von Swimmingpool es sein würde, wäre je einmal daran zu denken. Sein Durchbruch war für ihn eine Frage der Zeit, die Pleite mit dem vergeblich geschriebenen Spielfilm empfand er nicht als Pleite. Der Flop des Filmes war sein Sieg. Und er sollte recht behalten.
Denn kurze Zeit später schon ließ sich die Chefin einer berühmten Künstleragentur über ihre Sekretärin mit ihm verbinden und flötete von der Dringlichkeit eines Zusammentreffens. Es wurde ein Termin vereinbart. Der junge Mann hatte die Nerven, nicht zu fragen, was man von ihm wolle. Er fand es einfach logisch, von einer bedeutenden Agentin zu einem Gespräch gebeten zu werden. Ausgiebig diskutierte er mit der Freundin die Auswahl der Garderobe für diesen Gesprächstermin. Er entschied sich für einen lässigen und immer schön zerknautschten Khakianzug, den er selten trug, weil Anzüge dieser Art so rasch in die Reinigung müssen.
Die Agentur befand sich in einer als Zentrum des Films bekannten Stadt, etwa zwei Zugstunden entfernt. Der junge Mann war schon dort gewesen, aber nicht aus beruflichen Gründen. Diese Fahrt war die erste in Sachen Karriere. Er genoß das Gefühl beim Aussteigen: Man hat mich gerufen, ich bin hier, man wird sehen, was ich für die Welt tun kann.

Mit der Lässigkeit des Fernsehkommissars nannte er dem Taxifahrer die Adresse der Agentur.

Bald darauf saß er einer etwas dicklichen, sehr gepflegten Dame gegenüber, die einen leichten, von ihm nicht zu bestimmenden Akzent sprach.

»Ich vertrete seit vielen Jahren«, begann die Agentin das Gespräch, während ihre Sekretärin Kaffee einschenkte, »neben den anderen Damen und Herren, die Sie da sehen« – der Blick des jungen Mannes schwenkte eine kleine, exklusive Fotogalerie ab –, »vor allem auch...«, und sie nannte den Namen der *großen alten Dame von Film und Fernsehen*, den Namen jener Frau, der, wie der junge Mann wohl wußte, Fernsehproduzenten und Programmdirektoren winselnd zu Füßen lagen. Und dieser großen alten Dame von Film und Fernsehen sei die Mutterrolle in dem so völlig verunglückten Film, zu dem der junge Mann das erste Drehbuch geschrieben hatte, angeboten gewesen.

Der junge Mann spürte, wie sich seine Muskeln am ganzen Körper spannten.

Er erfuhr, die Agentin habe für ihre berühmte Klientin dieses erste Buch gelesen, habe die Zusage in Erwägung gezogen, weil sie das Buch ganz einfach brillant fand, dann habe sie gehört, diesem Buch würde noch eine Neufassung folgen, die habe sie dann auch gelesen und in klarer Voraussicht des Mißerfolges im Namen der großen alten Dame von Film und Fernsehen abgesagt. Zufrieden äußerte die

Agentin die Vermutung, dieser, einem schwachen, abgetakelten Regisseur hörige Produzent sei jetzt wohl endgültig pleite.
»Aber«, erzählte sie, »ich habe mir damals Ihren Namen notiert, denn so viele Leute, die sensibel schreiben können, haben wir ja nicht. Ich habe mir damals gedacht, wenn ich einmal etwas weiß, schaue ich mir den Mann näher an, und jetzt weiß ich was.«
Die Agentin griff in eine Lade, holte ein Bändchen heraus und streichelte es wie eine Pretiose.
Durch Zufall wäre sie auf diesen Stoff gestoßen, beim Auflassen der Wohnung einer verstorbenen Tante, die hätte so eine Art von Memoiren ihres Großvaters aufgehoben, der gegen Ende des letzten Jahrhunderts Prinzipal einer Wanderbühne war, von denen es damals im Bereich der k.u.k.-Monarchie ja noch viele gab. Einer richtigen Schmiere, mit jährlich etwa denselben Gastspielorten, mit allen Problemen gegenüber der bürgerlichen Kleinstadtgesellschaft, allen internen Querelen und Freuden, der ganzen Romantik, aber auch Härte des Berufes und der Zeit. Dieser Großvater sei eine imponierende Figur gewesen. Jetzt hätte sie, erzählte die Agentin enthusiastisch, die grandiose Idee gehabt, die Schmierendirektorfigur in eine Schmierendirektorin, wohl die Witwe eines Schmierendirektors, umzudenken. Als sie der großen alten Dame von Film und Fernsehen erzählte, welch sensationelle, sechsmal einstündige Serie das werden könnte, war die große alte Dame –

die bei Stoffen äußerst schwierig ist, wie man weiß – Feuer und Flamme. Mehr als das, die große alte Dame wurde sofort konkret. Sie hätte in zwei Wochen eine Stoffbesprechung mit dem Direktor der größten Fernsehanstalt, da müßte sie ein ausführliches Treatment in Händen haben, dann würde sie den Stoff durchsetzen.

Dem jungen Mann war sofort klar: Sechsmal eine Stunde mit dieser großen alten Dame von Film und Fernsehen, was jedenfalls auch eine erstklassige Sendezeit bedeutete, als alleiniger Autor – das war der Aufstieg in die erste Liga. Das war die Chance. Das war der Durchbruch.

Nur jetzt keinen Fehler machen, dachte er und entsann sich seiner hemmungslosen Begeisterung, als ihm der Spielfilm angeboten worden war.

»Ich kann mir schwer vorstellen, daß ich das in zwei Wochen schaffe«, sagte er.

»Das gefällt mir an Ihnen, dieses Professionelle«, die Agentin ließ ihre goldenen Armreifen vor seinen Augen rotieren. »Aber, wenn man will, geht alles. Und Sie wollen. Das weiß ich. Da brauche ich Sie nur anzusehen. Wissen Sie, in meinem Beruf kriegt man ein untrügliches Gefühl für Menschen.«

Der junge Mann las die Vorlage während der Rückfahrt im Zug. Das betulich geschriebene Büchlein erzählte wohl einiges von den Lebensumständen der Wanderkomödianten; Geschichten, Episoden mit dem, was Fernsehanstalten damals und heute unter

Handlung verstehen, enthielt es nicht. Die waren also zu erfinden.
Wieder zu Hause, begann er damit. Seine Freundin half ihm, indem sie aus Lexika und ähnlich klugen Büchern politische und soziale Zeitereignisse exzerpierte, des stimmigen Hintergrundes wegen. Es waren glückliche Stunden, die Stunden zwischen zwei Schreibmaschinen, hin- und hergetragenem Papier, Vorgelesenem und Zerknülltem, Kaffee und Zigaretten, kleinen Küssen.
Es entstanden in einer auch für Routiniers respektablen Zeit sechs pralle Geschichten, rund um eine Frau mit Herz, Hirn und Schnauze, kurz: rund um eine Frau, wie sie die große alte Dame von Film und Fernsehen selbst zu sein der Welt vorspielte und die sie in allen ihren Rollen wiederfinden mußte. Der junge Mann verlieh der einen oder anderen Idee bewußt eine etwas einfältigere Wendung, da er von der großen alten Dame, die ihm seine Chance bescheren sollte, weder schauspielerisch noch geschmacklich viel hielt. In erster Hinsicht mag er unrecht gehabt haben.

Um den Leser ein wenig Anteil an der Tiefe des Sujets haben zu lassen, sei hier der Inhalt von sechsmal einer Stunde in kargen Umrissen, ohne die vielen intelligenten Randfarben, die schon im Entwurf angedeutet waren, skizziert.
Folge eins erzählte von der Übernahme der Di-

rektionsgeschäfte nach dem Tod des Vaters, von der Skepsis der Truppe, von Unglücksfällen, die es *früher* nicht gegeben hätte, vom zähen und erfolgreichen Kampf der Wanderkomödiantin, als Leiterin ihrer Truppe anerkannt zu werden.
Folge zwei soll später beschrieben werden.
Folge drei brachte die Instanz der Presse ins Spiel. Gezielte Verleumdungen eines abgewiesenen Liebhabers der Tochter, vom Lokalblatt publiziert, erfordern von der Heldin Vorsprachen und Bittgänge, um die Rehabilitation der Truppe zu erreichen.
In Folge vier arbeitete der junge Mann einen seiner Meinung nach grandiosen Einfall ein. In Wien hatte zur Zeit der Handlung die erste Gründungsversammlung einer Bühnengenossenschaft stattgefunden. Da ging es darum, die katastrophale soziale Situation des Komödiantenvolks zu verbessern. Was war näherliegend, als in der Fernsehserie zu unterstellen, die neuen Bestimmungen konnten unserer Wanderschmiere nichts anhaben, da die legendäre Prinzipalin in einigen Punkten des sozialen Unternehmerverhaltens längst über die ersten Forderungen der Genossenschaft hinausgegangen war.

»Paß auf, daß es nicht zu dick wird«, sagte die Freundin.
Der junge Mann demonstrierte seinen Durchblick: »Diese Frau spielt das gern. Du weißt doch, die macht immer auf chronisch engagiert.«

Folge fünf befaßte sich mit pädagogisch versauten Bürgerkindern, die sich der Wandertruppe anschließen wollten. Da hatte die Prinzipalin jede Möglichkeit, ihr hohes Verantwortungsgefühl – Zurückbringen der Söhne und Töchter auf den rechten Weg ihrer Eltern oder, bei Erkennen des zukünftigen Bühnentalentes, Mitnehmen bis zur Entdeckung durch das Hoftheater – zu beweisen.
Folge sechs schließlich beleuchtete die Konkurrenzsituation. Solidarität und Mißgunst der Theatertruppen untereinander, gemeinsamer Abwehrkampf gegen die neue Konkurrenz, das Musiktheater, die Operette.
In dieser letzten Folge wollte der junge Mann die Truppe sich nicht auflösen lassen, er wollte nur der Prinzipalin die Chance geben zu ahnen, ihre Zeit würde einmal zu Ende gehen, sich also konstruktive Sorgen zu machen, wo sie ihre Schäfchen einmal würde unterbringen können.

Der junge Mann sagte seiner Freundin mit der Coolneß des ausgebufften angelsächsischen Scriptwriters, dieser – vorläufige – Schluß ließe jede Verlängerung der Serie zu. An deren Erfolg zweifelten die beiden nicht, sie hielten den vorliegenden Akt für ein Optimum zwischen volkstümlichem Theater und Kommerz. Der junge Mann hatte in den Akt noch einige Korrekturen mit dem Filzstift eingetragen. Das veranlaßte die Freundin, ihm anzubieten, alles

noch einmal abzuschreiben, denn *so* ein Manuskript könne man unmöglich aus der Hand geben.
Sie tippte und tippte. Er saß im Korbstuhl, die Füße auf dem Tisch, und sah ihr zu.
Sie ist der Wahnsinn, dachte er. Sie ist eine Partnerin. Sie begreift, was eine Chance ist. Ich sollte sie fragen, ob sie heiraten will. So mit allem Drum und Dran.
»Willst du mich heiraten?«
Sie löste ihren Blick nicht von der Schreibmaschine: »Und sonst hast du keine Sorgen?«
Nachdem das Werk auf die Post gebracht und eingeschrieben abgesandt war, gingen die beiden jungen Leute in eine Gartenwirtschaft und tranken zum Essen die bis dato teuerste Flasche Wein ihrer gemeinsam verbrachten Zeit.
An einem Kastanienbaum klebte ein Plakat, das ein *Einmaliges Gastspiel* einer bekannten Bauernbühne ankündigte.
»Das ist ja heute abend«, sagte der junge Mann, »da gehen wir hin.«
Sie saßen in einem schäbigen, ganz schwach besuchten Theatersaal und erschraken über die Armseligkeit der Darbietung.
»Genau das Gegenteil muß unsere Komödiantentruppe sein«, sagte der junge Mann leise. »Schon arm, aber mit Adel, man muß immer das Gefühl haben, die hätten auch was anderes werden können.«
Es war die Umbaupause zum 2. Akt, die ein Zitherspieler vor dem Vorhang überbrückte.

»Paß auf«, sagte der junge Mann, »der zweite Akt beginnt mit einem Satz, der so ähnlich klingt wie: ›Ja, hast denn du mein' Brief net kriegt?‹«
»Wieso?« fragte sie.
»Das muß so sein«, belehrte er. »Das ist die einzige Möglichkeit, dem Publikum zu erzählen, was mittlerweile geschah und was es wissen muß.«
Der Zitherspieler verschwand unter dünnstem Applaus. Der Vorhang wurde aufgezogen. Ein Mensch trat auf, was einen anderen in Erstaunen versetzte. Der Auftretende sagte: »Ja, hast denn du mein' Brief net kriegt?«
»Du bist ein Genie«, flüsterte die Freundin.

Tags darauf war an andere Schreibarbeiten nicht zu denken. Zu sehr fieberte der junge Mann einer Reaktion der Agentin entgegen. Er hatte – auf Anregung der Freundin – nur die Nerven, einen ihm bekannten Schriftstellerkollegen anzurufen, dessen Namen er schon einige Male auf den Nachspannen des Hauptabendprogrammes gelesen hatte. Er wollte wissen, was man für ein Einstundenbuch derzeit bekäme. Der Kollege nannte einen Durchschnittswert, der die Hoffnungen des jungen Mannes überstieg. Da die Summe mit sechs zu multiplizieren war, kam es im Hausstand des zukünftigen Erfolgsschreibers und seiner Freundin zu tumultartigen Freudenausbrüchen, zur Diskussion von Reiseplänen und zu kleinen Streitereien über die Priorität von Investitionen.

Als die Agentin den Empfang des Treatments telefonisch bestätigte, sagte sie zunächst – ziemlich unengagiert – etwas von *auf dem richtigen Weg*. Aber dann folgte, was dem jungen Mann, je länger er darüber nachdachte, den Schweiß auf die Stirn trieb: Die große alte Dame von Film und Fernsehen, erfuhr er, hätte wissen lassen, sie könne und wolle das Fernsehen nur anhand eines fertigen Buches überzeugen. Die Geschichten wären gut und schön, aber verkaufen ließe sich die Sache doch nur, wenn man beurteilen könne, ob der Autor auch wirklich stimmige, nämlich für *sie* stimmige, ihre Persönlichkeit, ihre Wirkungen, ihre Diktion erfassende Drehbücher zu schreiben in der Lage wäre.

Die Agentin sagte, der Zeitplan sei jetzt einigermaßen dramatisch. Die große alte Dame von Film und Fernsehen hätte in drei Tagen einen Flug gebucht, um den Programmdirektor in dessen Landhaus in der Provence zu treffen.

»Da muß sie das Buch mitnehmen, da muß sie es in Händen haben, wenn wir eine positive Entscheidung haben wollen. Sie müssen mir also das Probebuch einer Folge bringen, die suchen Sie sich aus, eine, in der möglichst alles vorkommt, wo sie alles zeigen kann, das wird die einzige Möglichkeit sein, denn Sie werden ja wohl bis zum letzten Moment schreiben müssen. Ich werde dann mit dem Buch zum Flughafen fahren und es ihr in die Hand geben.«

Das seien sicherlich schwierige Bedingungen, ge-

stand die Agentin ein, aber der junge Mann würde seine Chance wohl ermessen und nutzen wollen.
Das Gespräch hatte am späten Vormittag stattgefunden. Zur Verfügung standen also – bis zum ersten Frühzug am übernächsten Tag – zweieinhalb Tage.
»Das sind an die sechzig Seiten pro Tag«, stammelte der junge Mann. Er wußte über das Verhältnis von Drehbuchseite und Spieldauer Bescheid.
»Du schaffst es«, sagte die Freundin. »Wenn ich dir helfe, schaffst du es.«
Um nicht den Eindruck zu erwecken, die Freundin wäre eine gnadenlose Abenteuerin gewesen: Die Seite eines Drehbuchs wird in der Regel – es gibt da verschiedene Techniken – sehr lose beschrieben, der Übersichtlichkeit halber. Wenn man Tag und Nacht arbeitet, dann sind sechzig Seiten pro Tag zu schaffen, vor allem dann, wenn gut vorgearbeitet wurde. Aber kann man zwei Tage und zwei Nächte durcharbeiten? Und wenn, kommt man da zu einem brauchbaren Ergebnis? Das waren die Fragen. Die beiden brachen ihre Diskussion ab. Es gab nur eines: gar nicht lange reden, sofort anfangen.
»Ich koch dir einen Kaffee«, sagte sie.

Der junge Mann entschied sich für das Buch der Folge zwei, die alle Ingredienzien der Serie enthielt, und begann mit seinem virtuos beherrschten Zweifingersystem in die Maschine zu hauen, die Geschichte als Drehbuch aufzulösen, in der die Wandertruppe ein Winterquartier finden und in diesem Ort die Spielerlaubnis, die *Permission*, erhalten wollte. Er ließ sie in einem Dorf in Mähren ankommen. Die erste Begegnung mit den Kindern des Ortes. Das Lauffeuer der Information. Die verschiedenen Reaktionen der Bürger. Im Gegenspiel die Erinnerungen der Komödianten an Erfahrungen in dieser Region. Die Erwartungen für diesmal. Die Vorsprache der Prinzipalin beim Bürgermeister. Davor noch erste Schwierigkeiten mit dem theatermüden Sohn. Und dann kaum eine Chance, die Permission zu bekommen, da eine andere Theatergruppe im vorangegangenen Winter den Ruf der Branche ruiniert hatte. Auftrag des Bürgermeisters, einen einflußreichen Bierbrauer zu überzeugen, da von dessen Gunst die Wiederwahl des Bürgermeisters abhing.

An dieser Stelle etwa war der junge Mann auf Seite 25. Er streckte und dehnte sich, gab an, einen kleinen Imbiß vertragen zu können, rechnete die bis jetzt für die Seiten verbrauchten Stunden hoch und kam zu einer positiven Prognose. Er hatte nach der ersten Etappe eigentlich Lust auf ein anständiges Essen, aber die Freundin meinte, er solle sich nur kein Völlegefühl anfressen. Sie stellte Brot, Quark und Tomaten auf den Tisch, auf die Idee mit einem Schluck Alkohol kam der junge Mann schon selbst nicht. Während er mampfte, erzählte er den Witz vom alten Schauspieler, der sich keinen Text mehr

merken konnte und der, als eines Tages die gute Fee zu ihm kam und ihm drei Wünsche freistellte, nichts herausbrachte, weil ihm die Sätze nicht einfielen.
»Arbeite das doch ein«, schlug die Freundin vor.
»Keine schlechte Idee.« Der junge Mann saß schon wieder vor den Tasten.

Er ließ die Prinzipalin bei der Bierbrauerfamilie vorsprechen, versuchte aber den Bürgern gegenüber fair zu bleiben, um der Heldin die Möglichkeit zu geben, zu überzeugen. Dann kamen die Begegnungen mit Wirten, wegen der Zimmerbeschaffung. Dazu das Gegenspiel in der Truppe wegen der entscheidenden Stückwahl für die Eröffnungsvorstellung. Wieder muß die Prinzipalin das klärende Wort sprechen. Schon werden die Theaterzettel ausgetragen, obwohl die offizielle Permission noch immer nicht erteilt ist. Aber der Bürgermeister hatte glaubhaft versichert, der Gemeinderatsbeschluß sei nur mehr Formsache, nachdem der Bierbrauer umgestimmt wäre.
Der Abend der Premiere ist da. Eine Umbesetzungsprobe ist noch nötig. Das kleine Kind muß, weil es auf der Straße als *Komedibankert* beschimpft wurde, getröstet werden, gleichzeitig muß die Prinzipalin, einen Mantel über dem Bühnenkostüm, auch an der Kasse sitzen...

»Das ist genau das, was diese blöde Kuh spielen will, die Überfrau«, sagte die Freundin. Sie war tapfer aufgeblieben und hatte das Zimmer vollgequalmt.
»Aber ich vergebe mir doch nichts?«, fragte der junge Mann ängstlich zurück.
»Überhaupt nicht«, beruhigte die Freundin. »Das könnte man auch gut machen, was bis jetzt dasteht.« Die Betonung lag auf gut.
Der junge Mann war etwa auf Seite 50. Es war vier Uhr morgens. Er zitterte schon ein wenig.
»Die Vorstellung schaffe ich jetzt nicht mehr.«
Die Freundin fuhr ihm durchs Haar.
»Nein, das ist auch nicht mehr nötig, wir liegen gut in der Zeit, du schläfst jetzt drei, vier Stunden.«
»Ich zieh mich gar nicht aus«, sagte der junge Mann. »Dann kann ich gleich weitermachen.«
Er wachte nach drei Stunden auf, gerädert. Er konnte seine Träume nicht mehr genau rekonstruieren, aber da war eine riesige Bühne, gefüllt mit Schauspielern in wahnwitzigen Kostümen. Sie alle erklärten, gewillt zu sein, zu spielen, aber sie hätten keinerlei Text.
Die Freundin schlief tief und fest. Der junge Mann schlich sich in die Küche, wollte heldenhaft selbst einen Kaffee kochen, aber da stand sie schon neben ihm, den Kaffee mache schon sie, er solle sich nur ruhig an die Maschine setzen.
Der junge Mann saß eine Stunde vor der Maschine und tippte nicht einmal hin. So gut es gestern gelaufen war, heute war nichts möglich. Jedes Wort,

das er zu denken versuchte, empfand er als Albernheit.
»Das ist doch alles der totale Scheiß«, schrie er, als ob seine Freundin daran schuld hätte.
Sie widersprach, aber möglicherweise nicht deutlich genug. Da sprang er auf das Bett und erklärte, aufgeben zu wollen.
»Bist du verrückt«, sagte die Freundin. »Jetzt, wo du schon die Hälfte hast. Noch einen Kaffee?«
»Nein«, lehnte der junge Mann ab. »Mich trifft ohnehin bald der Schlag, kannst du mir eine ganze Zitrone in ein eiskaltes Mineralwasser pressen?«

Bei der Beschreibung des Wechselspiels zwischen Bühne und Publikum während der großen Eröffnungs-Galavorstellung gelangen dem jungen Mann ein paar hübsche Details, an denen er sich mehr und mehr aufrichtete. Es begann wieder zu laufen. Die Stimmung nach der ersten Vorstellung im Wirtshaus war dem Erfolg entsprechend gut. Doch immer noch war die Sache mit der Permission unerledigt, die Spielerlaubnis sozusagen nur eine vorläufige. Der Gemeinderat mußte den Beschluß des Vorjahres, nie wieder eine Theatergruppe über den Winter zu beherbergen, erst wiederaufheben. Und der Gemeinderat würde erst in der folgenden Woche tagen. Der Bürgermeister beruhigte noch einmal, er hatte sich zum Gönner gewandelt, seit ihm die Prinzipalin zugesagt hatte, das Bürgermeisterstöchterlein einmal

vor geladenen Gästen einige Lieder von einer richtigen Bühne herunter singen zu lassen. Nur eine Warnung des Bierbrauers sollte man beherzigen, sich bis zur Sitzung des Gemeinderates auch nicht den kleinsten Ärger mit irgendeinem Mitglied der Bürgerschaft zu erlauben.
Da aber kündigte sich ein Problem an. Denn die Tochter des Bürgermeisters, dem Sohn des Bierbrauers versprochen, schien Gefallen an dem Ältesten der Prinzipalin zu finden. Es war klar, daß die Familie des Bräutigams da nicht tatenlos würde zusehen können. Und so warnte der Pfarrer in der Sonntagspredigt – aufgehetzt von der Frau Bierbrauer – auch vor dem Verfall der Moral, vor den Versuchungen und deren Ursachen, zum Exempel, den Sitten des fahrenden Volkes.

Es war der Abend des zweiten Tages. Der junge Mann spannte die Seite 75 ein und erklärte: »Aus! Ich kann nicht mehr!«
Er tat seiner Freundin leid. Sie hatte den Tag über alles getan, von dem sie meinte, es täte ihm gut. Sie hatte auch Korrektur gelesen, die eine oder andere Passage rein geschrieben, geschnitten und geklebt. Sie war selbst ziemlich am Ende. »Man kann nichts erzwingen. Wenn diese Kuh das unbedingt spielen möchte, dann wird das Probebuch auch in einer Woche noch rechtzeitig kommen. Sind wir eigentlich wahnsinnig, uns so unter Druck setzen zu lassen?«

Der junge Mann wurde wütend: »Begreifst du denn gar nichts? Die Frau hat einen Termin mit dem Programmdirektor. Da werden Stoffe besprochen. Da fällt die Entscheidung darüber, was diese große alte Dame von Film und Fernsehen als nächstes Großprojekt in dem Sender macht. Wenn da mein Manus nicht auf dem Tisch liegt, wenn sie es nicht gelesen hat und dafür brennt, ist Sense! Was habe ich davon, wenn ich in zwei Wochen höre, das Buch ist glänzend, die Serie wunderbar, aber man könne an dieses Projekt frühestens in drei Jahren denken? Nein, jetzt zieh ich das durch, ich kann den Kaffee nicht mehr sehen, mach mir einen Tee und verstink mir nicht die Bude mit deinen Scheißzigaretten!«
Die Freundin verließ beleidigt den Raum.
Der junge Mann fühlte wieder einmal, wie sehr man in den entscheidenden Stunden seines Lebens allein ist.

Die Prinzipalin hatte jetzt auch das Problem mit dem Pfarrer zu lösen. Auffallend an dessen Kirche war ein vom Unwetter zerstörtes Fenster, das nicht wiederhergestellt werden konnte, da die Kollekten noch keinen ausreichenden Ertrag gebracht hatten.
Die Prinzipalin bot dem Pfarrer bei ihrer Vorsprache eine Benefizvorstellung an. In diesem Dialog zwischen der Prinzipalin und dem Pfarrer wurde der junge Mann noch einmal sehr ehrgeizig. Viel zu schade, dieser Dialog, für diesen Dreck, dachte er, als

er die beiden über das Wesen der *Gemeinde* sprechen, die Prinzipalin darstellen ließ, daß auch sie so etwas wie eine Gemeinde hätte, ihre Compagnie nämlich. Nein, nicht zu schade, dachte der junge Mann weiter, das ist die Stelle, mit der ich mich ausweise, die führt von der Serie weg, die bringt mir den Auftrag für ein Fernsehspiel, die Stelle – brillant, wie sie ist – können diese Arschgeigen nicht überlesen.

Die Benefizvorstellung wird geprobt, aber die Tochter der Prinzipalin ist krank. Das Bürgermeisterstöchterlein möchte mitspielen. Sie soll einspringen. Da droht Schlimmes, wird sie doch Partnerin des Sohnes der Prinzipalin sein, der ihr so gut gefällt. Andererseits läuft die Frau des Bierbrauers – Vorsitzende des Komitees zur Wiederherstellung des Kirchenfensters – Sturm gegen die Idee, die Komödianten in ein solch heiliges Werk einzubinden. Und als dann noch Bierbrauers Jüngster beim Spielen am Bach die Kleinste der Prinzipalin beleidigt und von deren Bruder eine Ohrfeige bekommt, ist Feuer am Dach. Zudem besäuft sich der Sohn des Bierbrauers erstmals mit Wein, aus Eifersucht, weil doch die Tochter des Bürgermeisters dem Erstgeborenen der Prinzipalin schöne Augen macht.

Der Ort ist in Aufruhr. Die Prinzipalin muß alles in den Griff kriegen, muß ausgleichen, beruhigen, sonst wird das nie was mit der *Permission*.

Die Freundin brachte Tee und Rühreier. Längst hatte sie wieder mitgearbeitet. Man war auf Seite 100 angekommen. Es war drei Uhr morgens. Der Zug, mit dem das Drehbuch überbracht werden mußte, ging kurz vor acht Uhr.
»Jetzt hast du's gleich«, sagte die Freundin. »Bis jetzt ist alles ganz plausibel und geht schön hin und her. Jetzt muß der Schluß ganz knapp werden.«
»Das sagst du so«, jammerte der junge Mann. »Wenn die Auflösung nicht stimmt, wenn das ein billiges Finale wird, ist alles hin, was die Sache ein bißchen herausheben soll aus der Konvention. Natürlich muß es jetzt rasch gehen. Aber gut muß es sein. Und ich kann nicht mehr.«
Das glaubte ihm die Freundin. Er saß da, nicht einmal mehr zum Ausspielen seiner Erschöpfung fähig, völlig leer.
»Du könntest jetzt wieder ins Theater schneiden«, schlug sie vor, »in die Garderobe.«
Der junge Mann spannte wieder Papier ein.

Im Zuge der Eifersuchtstragödie nennt der Sohn der Prinzipalin nach mehreren Beleidigungen durch den Sohn des Bierbrauers diesen einen *stinkenden Biersieder* und auch noch *Sohn eines stinkenden Biersieders.* Während des Bürgermeisters Töchterchen für die Benefizvorstellung probt, soll der Gemeinderat schon die Ausweisung der Truppe verfügen.
Von der Logik her mußte jetzt die Tochter des

Bürgermeisters den Sohn des Bierbrauers dazu bringen, zu erklären, nicht beleidigt worden zu sein. Das Problem des Autors war, alle Initiativen bei der Prinzipalin zu belassen, denn ohne die permanente Regie dieser Figur, ohne ihre Anweisungen für andere, würde die abschließende Begeisterung der großen alten Dame von Film und Fernsehen mit Sicherheit nicht zu erzwingen sein.

Zehn Minuten vor sieben tippte der junge Mann das letzte Bild, das Nachspiel, das den Komödiantenwagen zu Frühlingsbeginn beim Verlassen des Ortes in Mähren zeigte und das die Prinzipalin noch einige leicht nach Poesie klingende Worte über den vergangenen Winter, das Gastspiel und die Zukunft sagen ließ.

Dann wurde gelocht und abgeheftet.

»Wasch dich ein bißchen, du stinkst«, sagte die Freundin.

Der junge Mann rief ein Taxi. Auf der Fahrt zum Bahnhof fiel ihm ein, er besaß keinen Durchschlag des Drehbuchs. Er mußte das Original weggeben. Ich werde die Agentin sofort um eine Kopie bitten, dachte er. Auf dem Bahnhof erfuhr er, die angenommene Abfahrtszeit des Zuges stammte noch aus dem Winterfahrplan, zur Zeit gelte der Sommerfahrplan. Der Zug war demnach dahin.

Der junge Mann trat auf den Bahnhofsvorplatz.

Um ihn, der alles wie durch ein Glas sah, bewegte

sich der Morgenverkehr, eine andere Menschheit. Fast alle waren vor kurzem erst aufgestanden, nur zwei Penner gaben dem jungen Mann das Gefühl, dieser Erde anzugehören.

Er war noch nie in seinem Leben eine längere Strecke mit dem Taxi gefahren, zwang sein Hirn aber zur Entscheidung, dies sei die einzige Lösung des Problems. Er fragte den Taxifahrer – es stand nur ein Wagen da – nach dem Fahrpreis. Der nannte einen Betrag. Der junge Mann zählte und mußte bedauern, diesen Betrag nicht ganz bei sich zu haben. Der Taxifahrer fragte, wieviel fehlte. Es fehlte nicht sehr viel. Dem Taxifahrer war langweilig: »Steigen Sie ein!«

Der junge Mann wollte während der Fahrt schlafen. Es ging nicht. Er war hoffnungslos überdreht. Er inszenierte in Gedanken. Nicht so arm, dachte er, Herr Bühnenbildner, nicht so arm, die Dekoration des Stückes muß arm sein, aber nicht so vorsätzlich arm, so kokett arm, verstehen Sie mich!?!

»Wer ist nicht so arm?«, fragte der Taxifahrer.

Zwischendurch wollte der junge Mann wissen, ob man den Bahnhof zu der Zeit, zu der der um soundso viel Uhr nicht abgefahrene Zug hätte ankommen müssen, erreichen würde.

»Das müßte zu schaffen sein«, sagte der Taxifahrer und stieg aufs Gas. »Die Strafe zahlen Sie!«

Der junge Mann nickte.

Der Bahnhof wurde gerade noch zur richtigen Zeit

erreicht. Dennoch war die Agentin, die für ihr prächtig modisches Kostüm wirklich ein wenig zu dick war, ungnädig. Daß der junge Mann nicht wie abgesprochen aus dem Zug gestiegen war, sondern aus Richtung Bahnhofshalle kam, paßte nicht in ihre Vorstellung von professioneller Präzision. Sie nahm das Drehbuch entgegen und bejahte die Bitte nach einer Kopie flüchtig. Sie habe es eilig, dieses Projekt sei ja nicht das einzige, was sie jetzt gleich auf dem Flughafen mit der großen alten Dame von Film und Fernsehen zu bereden hätte.

Der junge Mann stand allein da und versuchte seine Gedanken in eine logische Folge zu bringen. Er wollte wieder nach Hause, soviel stand fest. Fahrgeld hatte er keines, das stand auch fest. Ein Zug fuhr erst in einer guten Stunde, das stand auch fest. Die verbliebene Barschaft reichte für drei Biere, das stand auch fest. Es gab nur die Chance, schwarzzufahren, das stand auch fest.

Der junge Mann trank im Bahnhofsrestaurant drei Biere und nahm, wann immer er einzuschlafen drohte, noch einen Schluck gegen die Müdigkeit. Dann kroch er in den Zug, er hatte sich den richtigen Bahnsteig während der Wartezeit ständig vorgesagt, stellte sich auf den Gang, besuchte kurz nach Abfahrt das erste Klo und wechselte das Klo dreimal. Auf dem dritten Klo fiel ihm ein, er hätte ja nur das Taxi warten lassen müssen, denn der Taxifahrer sei ja zurückgefahren, er hätte ihn jedenfalls mitgenommen, die Rückfahrt sei ja schließlich bezahlt gewesen. Da bekam der junge Mann Angst. Ich bin nicht so gescheit, wie ich glaube, schoß es ihm ins Hirn, ich bin wahrscheinlich unbegabt, ein Trottel. Wieso stehe ich hier sinnlos in einem Klo herum?

Durch einen Klangnebel, in den sich der Applaus für eine Wanderbühne gemischt hatte, hörte er: »... fährt in Kürze auf Gleis drei ab.« Er sah auf. Es war sein Zielbahnhof. Er kam gerade noch aus dem Zug, ging vom Bahnhof im Gehen schlafend nach Hause, fand seine Freundin im Kommunikationszentrum wie tot vor, legte sich leise neben sie, hörte einen seine Anwesenheit bestätigenden Grunzer, und dann wurde es für lange Zeit ganz still im Haus.

Der Rest ist rasch erzählt. Zwei Tage später rief der junge Mann die Agentur an und fragte nach der Kopie des Buches. Wie hätte man das Buch denn kopieren sollen, fragte die Sekretärin eingeschnappt zurück, die Chefin hätte doch das Original der großen alten Dame von Funk und Fernsehen auf den Flug in die Provence mitgegeben. Das Schreiben von Drehbüchern ohne Durchschlag sei übrigens unüblich, normalerweise würden Bücher in sechsfacher Ausfertigung abgegeben. Der junge Mann bedauerte. Er hatte damals noch kein Kopiergerät, das war auch bei arrivierteren Kollegen noch nicht die Regel, und an Schreiben mit Durchschlag hatte er bei diesem Streß nicht gedacht.

Als der junge Mann zwei Wochen nichts von einer Reaktion der großen alten Dame von Film und Fernsehen und vor allem des Fernsehprogrammdirektors gehört hatte, rief er abermals die Agentur an. Die Sekretärin gab Auskunft, keine Information zu haben, die Chefin sei zur Zeit auf einer längeren Amerikareise. Der junge Mann hielt es nicht mehr aus. Keineswegs weil er und die Freundin die eine oder andere Kaufabsicht in die Tat umsetzen wollten, nein, weil sein berufliches Selbstwertgefühl auf dem Spiel stand. Er zwang die Sekretärin der Agentur mit bei ihm erstmals auftretender Härte zur Herausgabe der Geheimnummer der großen alten Dame von Film und Fernsehen. Er rief dort mehrfach an, ohne jemanden zu erreichen. Einmal meldete sich eine Sekretärin oder Haushälterin, die angab, von einem Drehbuch einer Fernsehserie *Die Komödianten* nichts zu wissen. Der junge Mann bat sie nachzufragen. Nachdem er wieder dreimal vergeblich angerufen hatte, beschied sie ihn beim vierten Mal, ja, die große alte Dame von Film und Fernsehen hätte sich das Buch angesehen, aber sie spiele auf absehbare Zeit aus grundsätzlichen Erwägungen keine *Kostümrolle.* Damit meinte sie, keine historische Rolle, nichts, was – wie man so sagt – *zurückspielt.*

Ich könnte nun Vermutungen anstellen, ob die Agentin gepokert oder nur hochgestapelt hatte, wie ihr Verhältnis zur berühmten Klientin überhaupt war,

ob das Argument der Ablehnung durch die große alte Dame von Film und Fernsehen nicht ein vorgeschobenes war, ob ihre Sekretärin es nicht überhaupt erfunden hatte, um den Anrufer endlich loszuwerden, oder ob es der Fernsehdirektor gewesen war, der schon vorher in eine andere Richtung entschieden hatte.
Mir ist es um die Klärung all dieser Fragen nicht gegangen. Ich habe die Geschichte nur erzählt, um mitzuteilen, mich könne das bekannte Prosadrama vom alten Mann und dem Meer nie mehr so richtig ergreifen, seit ich von der Geschichte des jungen Mannes und seines Drehbuchs weiß.
Ich habe auch darüber nachgedacht, ob ich die Geschichte nicht mit einer knalligeren Schlußpointe versehen soll. Ich hätte, was bei fehlenden Kopien naheliegend gewesen wäre, das Drehbuch in Verlust geraten lassen können. Aber die Realität verhält sich nicht so wie die Dramaturgie der Fernsehserien.
Der junge Mann, der später noch ausgiebig mit Fernsehanstalten zu tun hatte, bekam sein Buch nach eineinhalb Jahren wieder in die Hände. Ein Dramaturg hielt es ihm entgegen und sagte: »Ist das von Ihnen? Gar nicht uninteressant. Na ja, vor zehn Jahren wäre das vielleicht noch was für die –« und er nannte den Namen der großen alten Dame von Film und Fernsehen, »– gewesen, jetzt ist sie zu alt dafür.«
Der junge Mann verspürte kurz einen stechenden Nervenschmerz oberhalb des linken Auges.

Eine Frau mit Geheimnis

Der Buffo fiel fast vom Hocker. Eine Frau kam in die Kantine des Theaters, grüßte leicht, ging zum Zigarettenautomaten, holte sich ein Päckchen heraus und ging wieder. Diese Frau war von einer nur in Illustrierten oder Fernsehreklamen zu besichtigenden Vollkommenheit. Groß, schlank, tadellose Beine, Traumbusen, schwarzglänzendes Haar.

»Kennst du die?« fragte der Buffo fassungslos den Kantinenwirt.

»Nein, hab ich zum ersten Mal gesehen.«

Der Buffo war Erotomane, wäre man weniger fein, würde man sagen: chronisch geil. Er nützte seine Popularität bei den Friseusen und Kellnerinnen der Provinzstadt weidlich aus, interessierte sich, weil selbst karrierebehindernd klein, besonders für große Frauen, hatte auch einen ständigen Kontakt mit einer langen Tänzerin des Balletts, an der ihn allerdings der zu kleine Busen und die berufsbedingt stark bemuskelten Beine störten. Die Frau, die da eben wie eine Erscheinung in den Raum getreten war, war allem, was dem Buffo sonst zugänglich schien, um Lichtjahre voraus.

Er konnte sich nicht vorstellen, daß *diese* Frau an *diesem* Theater engagiert sein könnte, denn, so dachte er, wäre das eine Sängerin oder eine Schauspielerin, müßte sie bei ihrem Aussehen gänzlich stimmlos oder mit einem schweren Sprachfehler behaftet sein, um sich an dieses Haus engagieren lassen zu müssen. Leichtfüßig nahm der Buffo die Stiegen zu dem im zweiten Stock befindlichen Betriebsbüro des Theaters. Er wollte sofort versuchen, Stand und Art dieser Frau zu ergründen.

Der Buffo betrat das Betriebsbüro unter dem Vorwand, sich den Probenplan der nächsten Woche notieren zu wollen, und fragte die verfettete Disponentin: »Da war jetzt in der Kantine eine sehr gut aussehende Frau, nicht mehr ganz jung, aber wirklich toll, hat die irgendwas mit uns zu tun?«

Die Disponentin wußte sofort, wen er meinte, und machte aus ihrem Abscheu kein Hehl.

»Geschmäcker sind verschieden. Aber du meinst sicher –«, und sie nannte einen jener Künstlernamen, die so klingen wie die Rollen in den Salonkomödien, also etwa *Françoise Bellon*, *Dany Raimondi* oder *Esther Estrella*. »Sie hat einen Stückvertrag für die Boulevardkomödie«, setzte die fette Disponentin mißmutig fort. »Wie der Chef auf die gekommen ist, ist mir ein Rätsel.«

Mir nicht, dachte der Buffo.

Er war außer Rand und Band. Eine Frau dieses Aussehens mit ihm gemeinsam engagiert! Da konnte was nicht stimmen, diese Frau mußte, wenn nicht einen Defekt, so doch ein Geheimnis haben. Der Buffo war fest entschlossen, das Geheimnis zu ergründen. Instinktiv hatte er das Gefühl, das sei Voraussetzung für den Versuch, eine Vernaschung anzustreben.

Es war Altweibersommer. Am Theater hatten die Proben für die neue Spielzeit begonnen, der angekündigte Spielplan war, wie auch der des Vorjahres, abonnentenfreundlich. Die höchstens zwei Dutzend Intellektuellen dieser Stadt verachteten dieses Theater, der Rest der Bevölkerung war, sofern er sich für Theater überhaupt interessierte, mit dessen Gebaren zufrieden. Der Buffo probte für die erste Operettenpremiere der kommenden Saison den *Boni* in der *Csárdásfürstin*, aber da er den *drauf* hatte und im übrigen auf der Bühne seinen Fans zuliebe immer so ziemlich das gleiche machte, hatte er noch genügend Zeit, am nahe liegenden Badesee den Touristinnen der Nachsaison nachzustellen.
Dazu hatte er aber keine Lust mehr, seit er die *Frau mit dem Geheimnis* gesehen hatte. Sie beherrschte seine erotischen Phantasien in ungekanntem Ausmaße. Sie machte ihm das Theater, an dem er zu seinem Leidwesen engagiert war, machte ihm die Stadt, in der er zu seiner Unzufriedenheit zum kleinen Lokalstar geworden war, machte seine Karriere, die aus einem jugendlichen Komiker einen kokettierenden *Abonnentenschwarm* gemacht hatte, plötzlich wieder attraktiv.
Weg waren die schwarzen Gedanken, die ihn beinahe

schon veranlaßt hätten, seinen Vertrag zu kündigen und es ohne Engagement, ohne Sicherheit, nur auf eigenes Risiko, doch noch in der Großstadt, im Bereiche des Musicals zu versuchen.

Jetzt hatte seine Anwesenheit in dieser Stadt wieder ihren Sinn.

Er wußte, es würde nicht einfach sein, an die Frau mit Geheimnis heranzukommen. Denn das Schauspielensemble pflegte mit den Kollegen der musikalischen Sparten wenig Umgang, schon gar nicht mit jenen der Operette, man legte auf gewisse künstlerische Standesunterschiede allzeit Wert. Aber davon abgesehen, die Frau mit Geheimnis tauchte auch im für gewöhnlich vom Schauspiel bevölkerten Theaterlokal – also nicht der Kantine, die war mehr für Chor und Technik da – nie auf. Die Frau mit Geheimnis verschwand nach ihren Proben immer in Richtung ihres Hotels und – soweit das der Buffo in seiner erregten Verfassung recherchieren konnte – immer allein.

Von den Kollegen des Schauspiels war für den Buffo nicht viel zu erfahren, obwohl er sich im Theaterlokal an sie heranmachte. Sie sei sehr diszipliniert bei den Proben, hörte er, vom Können her noch nicht endgültig zu beurteilen. Und dann fielen einige Sätze über ihre Traumfigur, die dem Buffo geradezu ins Herz schnitten. Könnten Seelen singen und das noch zähneknirschend, hätte die seine wohl *Mädchen gibt es wunderfeine*... intoniert.

Eines Tages war er zu später Stunde mit dem Dramaturgen des Hauses unterwegs, einem Mann, der ab einer gewissen Nachtzeit auch mit Leuten von der Operette vorliebnahm, Hauptsache, er hatte beim Saufen Gesellschaft.

Die beiden unbeweibten Männer, der Buffo aus eigenem Entschluß, der Dramaturg wegen allgemeiner Chancenlosigkeit, erlebten einige Kneipen bis zur Sperrstunde, bis – auf Vorschlag des Dramaturgen – nur noch der *Club Eve* übrigblieb. »Die haben Damenwechsel gehabt. Umbesetzung.« Der Dramaturg schüttelte sich über seinen Joke.

Der Club lag am Ende einer schmalen Gasse der Altstadt. Die Künstler wankten über gut erhaltenes Kopfsteinpflaster, der Dramaturg pinkelte in einen Hauseingang. Diese Gasse erinnerte den Buffo ganz besonders daran, in welcher Stadt er gelandet war und in der er – wenn er nicht achtgab, wenn er nicht rechtzeitig den Entschluß zum Weggehen faßte – auch enden würde, womöglich als Betriebsrat, als Ensemblesprecher. Allerdings, *sie* ist ja auch hier, dachte er und sah in seiner Phantasie die Frau mit Geheimnis im *Club Eve* auf ihn warten.

Die neuen Damen des Clubs waren auch nicht schöner als die der vergangenen Monate, sie entsprachen nicht einmal den Vorstellungen des Dramaturgen. Der Buffo stellte ohne Rücksicht auf gedemütigte Zuhörerinnen fest: »Die neue Salondame ist schärfer als dieses ganze Puff.«

Der Dramaturg bestätigte das, sich an seinen Hoden kratzend. Der Buffo blieb beim Thema, fast schon aus Gewohnheit.

»Sag, wie kommt diese Frau an unser Theater?«

Der Dramaturg machte sein allwissendes Gesicht.

»Das weißt du nicht, warum die untertauchen mußte? Sozusagen aus dem Schußfeld verschwinden?«

»Nein«, sagte der Buffo, »du?«

Im Gesicht des Dramaturgen lief ein Porno ab.

»Hast du nicht diese Geschichte gelesen, ungefähr ein Jahr ist die alt, da hat es im exklusivsten Stundenhotel des Regierungssitzes einen hohen Ministerialbeamten erwischt, auf einer Dame, Herzschlag, eine größere Affäre, der Mann war verheiratet, man hat das irgendwie heruntergespielt, aber peinlich war es natürlich. Was die Dame anlangt, sind die Zeitungen nicht über Andeutungen hinausgegangen, aber soviel stand immerhin fest: eine bekannte und besonders attraktive Schauspielerin des Boulevard.«

Der Buffo hüpfte vom Barhocker. »Und das ist die –?«

»Natürlich«, antwortete genüßlich der Dramaturg.

Angesichts dieser Eröffnung erschien dem Buffo das Lokal nur mehr als erotische Frittenbude.

In der Nacht dachte er, wenn ich die ins Bett kriege und dann wer stirbt, dann sie, das schwöre ich. Und: Man muß das ganz anders singen, die zweite Zeile: *Mädchen gibt es wunderfeine, doch wer liebt, der sieht nur eine*, das muß man ganz intensiv singen, total geil, dieses *doch wer liebt, der sieht nur eine* ..., nicht so beschissen wie dieser Idiot von Tenor.

Der Buffo, an den folgenden Tagen weiterhin ohne Erfolg in Sachen Annäherung, versuchte sich von seinem Stau durch Maulhurereien zu befreien. Er erzählte allen möglichen Leuten, mehr oder weniger diskret, seine Informationen über das Vorleben der Frau mit Geheimnis. Die Geschichte war erregend genug, um sich nicht nur über das Theater zu verbreiten, sondern auch die kunstinteressierten Söhne der Stadträte und Drogisten, der Zahnärzte und Tuchhändler zu erreichen. Auch deren Väter.
Das allzu vertraute, allzu brave Theater hatte plötzlich eine Aura, verlieh der Stadt einen gewissen Glanz. Denn wo noch können sich die Premierenabonnenten auf eine Salondame freuen, die einen hochrangigen Politiker zu Tode gebumst hat. Man fühlte sich über diese Bettgeschichte mit den Abgründen der großen diplomatischen Welt verbunden. Für die Pause der bevorstehenden Komödienpremiere waren manch wissendes Lächeln, manche delikat-witzige Anspielung zu erwarten.
Der Buffo sah sich die für Kollegen zugängliche Hauptprobe der Boulevardkomödie an, sah die Frau mit Geheimnis in einem dem Sujet entsprechenden Dekolleté und bemerkte an sich einschlägige Reflexe. Nach der Probe ging er ins Theaterlokal, und als er da so saß, mit seinem Beruhigungsdrink, traute er sei-

nen Augen nicht. Erstmals kam die Frau mit Geheimnis herein, an der Seite des alten Oberspielleiters, eines resignierten, an Damen nicht mehr aktiv interessierten Herrn.
Dem Buffo gerann das Blut, als sich die Frau mit Geheimnis freiwillig, ohne sein Zutun, auf den Hokker an seiner Seite setzte, auf der anderen Seite flankiert vom Oberspielleiter. Die beiden eben Gekommenen waren von der Probe müde und schwiegen.
»Ich will nichts verschreien«, sagte der Buffo. »Aber ich find's toll.«
»Waren Sie drinnen?«, fragte die Frau mit Geheimnis, nicht sehr interessiert.
»Natürlich«, antwortete der Buffo und stellte sich vor: »Ich bin ein Kollege von der Operette –«
»Ich weiß, ich hab die Fotos gesehn.«
Der Buffo nahm seine ganze Frechheit zusammen. »Wenn Sie – nach der Premiere – einmal Zeit haben, vielleicht haben Sie auch Lust, in meine zu kommen, ich meine, wenn Sie nichts Besseres vorhaben, würde ich mich wahnsinnig gerne einmal näher mit Ihnen unterhalten.«
Er kassierte einen Blick, den er nicht anders deuten konnte als mit: Du kleines Arschloch! Mit dir doch nicht!
Da sagte der Buffo einen Satz, den er sich mehr sagen hörte, als daß er ihn bewußt sagte: »Das muß toll sein, mit so einem Geheimnis zu leben.« Er stockte.

Die Frau mit Geheimnis wurde in der Sekunde blaß, bekam hektische Flecken auf den Wangen und ging mit einem knappen »Pardon!« rasch in Richtung Toilette ab.
Der alte Oberspielleiter sah den Buffo verächtlich an. »Nicht sehr geschmackvoll von Ihnen. Darüber spricht man nicht, wenn eine Frau Derartiges durchgemacht hat. Eineinhalb Jahre Gefängnis –«
Das sagte der Oberspielleiter mehr zu sich.
Dem Buffo tanzte es vor den Augen. Ein Sexualattentat, dachte er, ein Mord im Bett.
»Woher wußten Sie denn Bescheid?«, fragte der Oberspielleiter.
Der Buffo log: »Das weiß doch schon jeder.«
Der Oberspielleiter wurde böse.
»Dann sollte aber auch jeder die Schnauze halten. Eineinhalb Jahre wegen Kollegendiebstahl, dann psychiatrische Behandlung wegen Kleptomanie und dann den Mut haben, in dieses Drecksnest zu gehen und noch einmal von vorn zu beginnen, dazu gehört allerhand. Halten Sie also in Zukunft Ihre blöde Schnauze. Über so was spricht man nicht.«
In Panik zahlte der Buffo, um vor der Rückkehr der Frau mit Geheimnis aus dem Lokal zu kommen.

Dem Kotzen nahe, ging er auf das Theater zu.
Da lag es vor ihm, mitten in diesem geschmacklosen Park mit den widerlich überzüchteten Beeten, da lag es, jeder Erotik entkleidet, spießig, nach Naphthalin

und Ballettschweiß stinkend, unbedeutend, unbeachtet, zu Recht vergessen, am Arsch der Welt, ein Refugium für Gescheiterte.
Wenn ich auch nur noch ein Jahr an diesem Haus bleibe, dann nimmt mich endgültig keiner mehr, dachte er. Die Premiere warte ich noch ab – und dann wird gekündigt.
Als er auf der ersten Orchesterprobe aus dem Graben *Mädchen gibt es wunderfeine*... hörte, fühlte er sich verlassen wie noch nie.

Das Gespräch mit dem Tanzlehrer

Der Showmaster hatte seine Heimatstadt seit Jahren nicht mehr besucht. Weder hatte er Zeit gehabt noch Lust, sein Elternhaus gab es nicht mehr, auf das Wiedererkanntwerden auf Straßen und in Lokalen konnte er verzichten.

Aber jetzt war er hergefahren, hatte sich hertreiben lassen von einer Bewußtseinstrübung, einer Stimmung außer Zeit und Raum, hielt den Brief in der rechten Außentasche seines Trenchcoats umklammert und hoffte, der würde plötzlich nicht mehr spürbar sein.

Er schlenderte vom Bahnhof weg, durch die Unterführung, die es damals noch nicht gegeben hatte, und weiter die gerade Straße ins Zentrum.

Ich habe Kreditkarte und Schecks bei mir, sagte er sich, mir kann nichts passieren, nur wenn ich übernachte, werde ich mir ein paar Toilettensachen besorgen müssen, in jedem Fall eine zweite Unterhose. Seine Frau hatte ihm wohl geschrieben, warum sie ihn verlassen hatte, aber die Gründe waren nur papieren, so traditionell wie aus der Eheberatung einer besseren Illustrierten. Das waren keine Gründe, denen er sich stellen konnte, über die zu streiten war, aber, das war ihm klar, sie wollte eben nicht streiten, sie wollte nur weg von ihm.

Es war seine dritte Frau, und er hatte an ihr alles gutmachen wollen, was er in zwei Ehen davor offenbar falsch gemacht hatte. Er war wieder gescheitert. Wohl zum letzten Mal.
Als er zum Haus des Kunstvereins kam, fielen ihm zwei Zeilen seines Lieblingslyrikers ein:
... ja, ich kann eine Liebste noch finden / aber bleiben wird keine bei mir.
Damals, als ich das zum ersten Mal gelesen habe, habe ich geglaubt, es sei ein Gedicht, sagte sich der Showmaster, heute weiß ich, es ist eine Reportage.
Es gibt zwei Möglichkeiten, versuchte er zu klären, entweder ich kann mit Frauen nicht leben, oder ich habe nie gelernt, mich um *die* Frauen zu bemühen, mit denen ich leben könnte.
Hinter dem Haus des Kunstvereins war der kleine Park, in den er als Schüler nach der Besichtigung der Ausstellungen immer gegangen war, um sich zu fragen, ob er gute oder schlechte Bilder gesehen hatte. Er hatte damals einen Test entwickelt: nahm der Park Konturen der eben gesehenen Bilder an, waren es gute, weil sie stärker waren als die Natur, jedenfalls ein paar Minuten lang.
»Sie kennen mich wohl nicht mehr?«
Der Showmaster hörte die Stimme eines alten Mannes, sah auf der Parkbank neben sich einen weißhaarigen, kleinen, etwa neunzig Jahre alten Mann, so der Typ eines Rittmeisters in Ruhe.
»Sie haben eine schöne Karriere gemacht, ich habe

das gerne verfolgt, aber mich kennen Sie nicht mehr.«

»Verzeihen Sie«, sagte der Showmaster, »aber wenn Sie mir ein wenig helfen könnten...«

»Sie haben bei mir Tanzen gelernt.«

Natürlich, dachte sich der Showmaster, das war unser Tanzlehrer. Der lebt noch. Wahnsinn.

Er setzte sich an die Seite des Tanzlehrers. Lang, lang, kurz, kurz!, sah er sich im *Foxtrott* versuchen.

Das war die Zeit, als man noch in die Tanzschule zu gehen hatte. Wo das zum Älterwerden gehörte wie der erste Schikurs. Die Frage war allenfalls, ob man – als männlicher Tanzschüler – mit siebzehn oder schon mit sechzehn Jahren den Anfängerkurs besuchte, aber *daß* man ihn besuchte, war klar. Ausnahmen gab's natürlich, aber es gab ja auch Leute, die sich vom Religionsunterricht befreien ließen.

Der Lange ging schon mit sechzehn in den Tanzkurs. Er ertrotzte es zu Hause mit der Lüge, es würde mehr als die halbe Klasse schon in diesem Jahr den Tanzkurs besuchen. Die Eltern willigten daraufhin ein, sie hatten großes Interesse daran, ihren Sohn nicht von Mehrheiten fernzuhalten.

In Wahrheit waren es aber nur vier Mann seiner Klasse, die es nicht mehr erwarten konnten. Der Lange wußte nicht genau, welche Motive die anderen hatten, seines war klar: Er wollte Mädchen nahe sein, ohne es begründen zu müssen.

Es gab drei Tanzschulen in der Stadt, aber für die Schüler der Schule des Langen kam nur eine in Frage, es wäre gänzlich abwegig gewesen, den Besuch einer anderen Tanzschule auch nur in Erwägung zu ziehen, man war Schüler der besten Schule und hatte daher auch Tanzschüler der besten Tanzschule zu sein.

»Wie viele Tanzschulen gibt es heute?« fragte der Showmaster.
»Vielleicht fünf«, antwortete der Tanzlehrer. »Das hat sich alles verändert, aber verstehen Sie mich nicht falsch, ich bin keiner, der einer Zeit nachtrauert. Wenn ich's mir genau überlege, finde ich Tanzen unwichtig.«
»Für uns war's eine aufregende Zeit, glauben Sie mir«, sagte der Showmaster.

Kurz vor der ersten Stunde verließ den Langen der Mut. Er stand zu Hause vor dem Spiegel, fand die Ärmel seines Anzugjacketts zu kurz oder die Arme zu lang, fand, daß die Krawatte in der Nähe des Knotens schon allzusehr glänzte, fand, daß sein Kopf auf diesem langen Körper zu klein war, entschieden zu klein, blamabel klein.
Der Lange begann sich vor der Tanzschule zu fürchten.
Er sah in den Spiegel und dachte: Das wird mein Ende.
In der Garderobe der Tanzschule fühlte er sich wie mit vierzig Grad Fieber. Die Atmosphäre des Um-

kleidens war ihm vertraut, aber es waren Sportschuhe, die ihm als Objekte des Schuhwechsels vertraut waren, nicht leichte, flache schwarze Halbschuhe. Auch die vielen hellen Blusen und hohen Mädchenstimmen gehörten nicht hierher. Hinter der hohen weißen Doppeltür war auch keine Basketballhalle zu erwarten, sondern ein viel glatteres Parkett. Der Lange ließ seine Blicke kreisen, sah jede Menge zu kleiner und zu großer Köpfe, jede Menge zu langer und zu kurzer Arme und dachte sich: aber so zu klein wie mein Kopf ist keiner, und so zu lang wie meine Arme sind keine.

»Wissen Sie eigentlich noch, daß es in unserer ersten Stunde einen richtigen Skandal gab?«, fragte der Showmaster. »Nein, das können Sie nicht mehr wissen, aber für mich war das sehr komisch, besser gesagt: sehr wichtig, denn es hat mich damals so von den eigenen Problemen abgelenkt.«
»Erzählen Sie doch«, bat der Tanzlehrer.

Da war ein blendend aussehender, blondgelockter junger Mann in einem besonders schönen Anzug. Der cremte sich in der Garderobe seine Hände, zog weiße Seidenhandschuhe an und tupfte sich mit einem Stecktuch den Schweiß von der Stirn.
»Ist dir nicht gut?«, fragte der Lange und erhielt als Antwort nur einen verächtlichen Blick.
Die Tragödie dieses schönen Tanzschülers über-

schattete alles, was sich in der ersten Tanzstunde abspielte. Der schöne Tanzschüler, den man offensichtlich gezwungen hatte, sich für den Tanzkurs anzumelden, weigerte sich schon beim Einnehmen der Grundhaltung mitzumachen.
Das interessierte den Langen, denn jetzt war der Tanzlehrer, die Autorität, gefordert. Jetzt hatte der Tanzlehrer die Chance, zu zeigen, ob ein Tanzlehrer mit einer Situation der Verweigerung eleganter fertig werden könne als ein Lateinlehrer.
Der Tanzlehrer ging zum schönen Tanzschüler, dem eine ratlose Dame gegenüberstand, und sagte höflich, aber bestimmt: »Darf ich Sie bitten mitzumachen?«
Der schöne Tanzschüler blieb reglos und schwitzte.
»Ich frage Sie zum letzten Mal«, sagte der Tanzlehrer.
Der schöne Tanzschüler rührte sich nicht.
»Dann handelt es sich wohl um einen Irrtum«, sagte der Tanzlehrer, gleichbleibend elegant, »dann wird es wohl besser sein, wenn Sie den Kurs ein andermal machen.« Der schöne Tanzschüler drehte auf der Stelle um und verließ den Raum.
Der Tanzlehrer ließ kein Nachdenken über das eben Geschehene zu. Er stellte die Paare um und gab seine Anweisungen.

»Sie haben mir damals sehr imponiert, Sie wollten nichts wissen, haben nicht gebohrt, haben die Situation einfach beendet.«

Weise lächelnd wandte sich der Tanzlehrer dem Showmaster zu.
»Haben Sie eine Begründung für das Verhalten dieses Tanzschülers?«
»Ich weiß den Grund. Er hat mich Jahre später einmal angesprochen. An einer nächtlichen Theke. In Frauenkleidern.«
»Ja, so was kam vor«, sagte der Tanzlehrer.
»Verzeihen Sie mir, wenn ich jetzt vielleicht ein wenig grob frage«, sagte der Showmaster. »Aber als was haben Sie sich gefühlt in Ihrem Beruf, als Pädagoge, als Maître de plaisir, als Kuppler?«
»Als Tanzlehrer. Es war mein Beruf. Tanzlehrer.«
Ja, das war diese Selbstverständlichkeit, die ihn so unangreifbar gemacht hat, dachte sich der Showmaster. Deshalb habe ich es nie komisch gefunden, wenn er gesagt hat: laaang, laaang, kurz, kurz, und Seitenschritt. Und wenn er federnden Schrittes seine Frau in den Arm nahm und eine Figur vortanzte.
»Ihre Frau ist –?«
»Schon lange«, sagte der Tanzlehrer. »Die hatte ein Bandscheibenleiden, kein Wunder nach der vielen Herumhüpferei. Sie mußte operiert werden, es ging nicht anders, und da hat man sie verpfuscht. Ich hab kurz daran gedacht zu prozessieren, aber davon wäre sie ja auch nicht mehr lebendig geworden.«
»Nein«, sagte der Showmaster.
»Sie sind verheiratet, mehrfach wohl, wenn man den Journalen glauben kann.«

»Zum dritten Mal. Zum dritten Mal ist die Ehe im Arsch.«
Der Tanzlehrer lächelte.
»Ich habe mir oft gedacht, wenn sich die Paare so gegenübergestanden sind, du liebe Zeit, das kann was werden!«

Die Tanzschule war eine in sich stimmige Welt, das registrierte der Lange. Hier hatte auch einer mit einem zu kleinen Kopf seinen Platz, denn, ehrlich gesagt, von den Mädchen waren auch nicht alle so, wie man sie sich für den Tanzkurs erträumt hatte.
Als der Tanzlehrer zum Langen sagte: »Tanzen Sie das einmal vor«, schämte sich der Lange vor seiner Partnerin, denn er glaubte in der Sekunde, er hätte so gepatzt, daß er jetzt wiederholen müsse und seine Partnerin, seines Ungeschickes wegen, mit zur Wiederholung zwinge. Aber da hörte er den Tanzlehrer sagen:
»Lassen Sie den Kopf oben, Sie bewegen sich sehr gut. Die anderen größeren Herren sollen sich das gut ansehen. Man kann auch mit so langen Haxen elegant tanzen!«

»Ich verdanke Ihnen viel«, sagte der Showmaster.
»Übertreiben Sie nicht«, erwiderte der Tanzlehrer.
»Ich habe keine Komplimente mehr nötig.«
»Ich verdanke Ihnen wirklich sehr viel.«

Das Selbstvertrauen des Langen wuchs allmählich. Er genoß die Nähe der weiblichen Haut, freute sich am Sonntagnachmittag, in der *Perfektion*, wenn die einen Mädchen vor seiner fordernden Männlichkeit indigniert zurückwichen und die anderen, unbewegten Gesichts, die Sache pressend genossen. Er liebte das Drängen im Hausflur der Tanzschule, als besprochen wurde, wer noch wohin zu gehen beabsichtigte, er liebte dieses Streunen im Nebel, durch die schwachbeleuchteten Seitenstraßen, den Nachgeschmack an Abschiede in dunklen Ecken.
Er hatte sich bald klare Ziele gesetzt. Es gab in diesem Tanzkurs eine Schönheit, einige sehr hübsche, originelle Mädchen, aber strenggenommen nur eine Ausnahme-Schönheit, eine Fee, die war zudem noch die einzige Tochter des Besitzers mehrerer Hotels. Der Lange genoß es, mit ihr zu tanzen und ihr zu zeigen, wie man sich auch *mit langen Haxen elegant bewegen* kann, aber er verschwendete keinen Gedanken an eine etwaige Eroberung. An dieser Schönheit hingen die gutaussehenden Söhne der besseren Häuser. Das war eine Liga, da konnte der Lange nicht mitspielen. Er hatte etwas ganz anderes im Auge: eine, bei der er nach menschlichem, aber noch unroutiniertem Ermessen würde landen können.

Es war falsch, mich damals nicht um die Spitze bemüht zu haben. Ich habe mich freiwillig beschieden, zum *loser* gemacht. Ich konnte ja nicht wissen,

daß ich einmal *Showmaster* sein werde, ein Beruf, der mit Töchtern von Hotels sehr gut korrespondiert, selbst wenn sie Feen sind. Ich glaube, hätte ich die Fee bekommen, alles wäre anders gelaufen.
»Können Sie sich am Ende gar noch an die Geschichte mit der goldenen Krawattennadel erinnern?«, fragte der Showmaster den Tanzlehrer.
»Nein, aber erzählen Sie bitte.«

Gegen Ende des Tanzkurses kam ein Abend, der auf den schrecklichen Namen *Krampuskränzchen* hörte. Da war allerhand vorzubereiten, zu dekorieren, wohl mehr von den Mädchen, und da gab es die Anregung des Tanzlehrers, die Schülerinnen und Schüler sollten einander Kleinigkeiten, aber wirklich nur Kleinigkeiten, schenken, mit Kärtchen und Sprüchen.
Der Lange kaufte für seine Partnerin ein Taschenbuch mit Liebeslyrik und strich einige Zeilen an, er bekam von ihr ein modisches Feuerzeug mit einer kleinen Anzüglichkeit. Auf dem Tisch, auf dem die Geschenke deponiert waren, lag aber noch ein Geschenkpäckchen, das den Namen des Langen trug. Er öffnete das Päckchen. Das Geschenk war anonym, keine Karte lag dabei, kein Hinweis. Es war eine goldene Krawattennadel, verdächtig nach wertvoll aussehend. Der Lange war verwirrt.
Während der Tango *Jalousie* erklang, einige tanzten, andere aßen, tranken und sich über ihre Geschenke amüsierten, suchte der Lange den Tanzlehrer.

»Das habe ich bekommen«, sagte er und zeigte ihm die Krawattennadel.
»Schön für dich«, sagte der.
»Aber ich weiß nicht, von wem.«
Der Tanzlehrer nahm die Krawattennadel in die Hand. Sein Gesicht wurde ernst.
»Das ist echt Gold«, stellte er fest. »Das ist eigentlich schon nicht mehr erlaubt, das ist alt, sehr wertvoll, solche Geschenke habe ich gar nicht gern.«
»Was soll ich tun?«, fragte der Lange.
»Du könntest doch herauskriegen, von wem das ist?«, schlug der Tanzlehrer vor. »Das kann doch nicht so schwer sein.«
»Ich habe aber keine Ahnung!«, wand sich verlegen der Lange.
Der Tanzlehrer dachte nach. Jahrzehnte an Erfahrung, sein Wissen um die Logik von Partnerbeziehungen durchliefen sein Hirn.
»Frag doch die...«, und er nannte den Namen der Schönheit, der Fee.
Der Lange lief purpurrot an. Diese Vermutung war für ihn jenseits der Faßbarkeit.
»Ich werde mich doch nicht blamieren!«

»Ich habe es einfach nicht gewagt, die Fee zu fragen: ›Ist das von dir?‹«, sagte der Showmaster. »Wenn die mich ausgelacht hätte, ich wäre gestorben. Das ganze mühsam aufgebaute Ego wäre dahin gewesen.«
»Ich habe oft gedacht, man hat zuwenig Zeit, sich mit

den einzelnen Kindern zu befassen.« Der Tanzlehrer erinnerte sich: »Ich habe einmal einen Typ im Anfängerkurs gehabt, der war auch so verklemmt, der hat sich auch nichts zugetraut, der hat auch nicht bemerkt, was um ihn vorging. Und dann hat das schönste Mädchen aus diesem Kurs an ihren Pulsadern herumgetan, das war natürlich eine böse Geschichte, alle haben sich gefragt: warum? Die Eltern haben vermutet, wegen der schlechten Noten, die Mitschülerinnen haben behauptet, weil sie in den Literaturprofessor verliebt war. Zwei Jahre danach hat dieses Mädchen aber diesem komischen Typen gestanden: Es war seinetwegen. Ich weiß das, weil die zwei bei mir dann noch einmal einen Seniorenkurs gemacht haben.«

»Die Geschichte hätten Sie mir damals erzählen sollen«, sagte der Showmaster.

»Was ist aus der Krawattennadel geworden?«, fragte der Tanzlehrer.

»Ich bin dann aufs Klo zum Spiegel, hab sie mir angesteckt und dann damit weitergetanzt. Ich habe gehofft, eine wird sagen: Na, wie gefällt sie dir?, das heißt, ich habe gehofft, die Fee wird so lange auf die Nadel starren, bis ich alles begreife. Ich habe nie gelernt, das Verhalten von Frauen zu begreifen, zu deuten, zu entschlüsseln. Wenn man sich vor dem Begreifen von Frauen fürchtet, kann man sich das ganze Lieben in die Haare schmieren.«

Der Showmaster sah so bekümmert drein, daß der

uralte, junggebliebene Tanzlehrer an seiner Seite sich bemüßigt fühlte, den Pädagogen hervorzukehren.
»Ein bißchen viel Weltschmerz für einen Mann mit dieser Karriere!«
Zwei fünfzehnjährige Schülerinnen blieben vor der Bank und den beiden Männern stehen.
»Kann ich ein Autogramm haben?«, fragte die eine.
Der Showmaster lächelte sein charmantestes Lächeln.
»Aber gerne, mein Schatz.«
Er holte aus der linken Brusttasche des Mantels ein Foto und nahm dem Mädchen den ihm entgegengestreckten Filzstift aus der Hand.
»Gehen Sie schon in den Tanzkurs?«, fragte er.
»In diesem Herbst«, sagte das Mädchen.

Der Dichter am Drehort

Ich hätte die Erzählung nie gelesen – die Hervorbringungen des Dichters hatten mich schon von seinen ersten Arbeiten her gelangweilt –, aber dem Rollenangebot wollte ich nicht widerstehen. Der mit dem Rufe des Meisters behaftete tschechoslowakische Regisseur hatte nach der Erzählung ein Drehbuch geschrieben und meinte in dieser die Hauptfigur begleitenden Rolle des Gefängniswärters mich besetzen zu müssen. Gedreht werden sollte an einem Originalschauplatz, also in der größten Strafanstalt für Schwerverbrecher.
Ich hatte noch nie ein Gefängnis von innen gesehen. Die Vorstellung, eine etwa zweiwöchige Drehzeit in Gefängniskorridoren, im Gefängnishof, in der Gefängnisküche und der Gefängniskirche, nahe den täglichen Ritualen dieser Gesellschaftsordnung, zu verbringen, reizte vor allem meine journalistische Neugier.
Natürlich las ich nicht nur das Drehbuch, sondern auch die dieser genialisch geblähten Filmfassung zugrundeliegende Erzählung. Ich wollte mir über das System der Aufblähung klar sein.
Es war ein eher schwächlicher Text, nur, er stimmte mich auf eine merkwürdig perverse Weise auf das Ausgeschlossensein ein, auf das Eingegrenzt-, das Eingesperrtsein, das mich erwarten sollte. Da wurde ein Häftling beschrieben, der in Isolation unter Män-

nern, in diesem Leben zwischen Zelle, täglichem Rundgang, handwerklicher Dienstleistung, in dieser Szenerie von deformierenden Anstaltskleidern, grüngewandeten Wärtern und überdimensionierten Schlüsselbunden und Verriegelungen, in dieser Existenz zwischen Masturbation, sexueller Hilfestellung oder Vergewaltigung, in dieser unbeschreibbaren Verlorenheit eine Ordnung, eine Sicherheit, eine Lebensqualität entdeckte.

Der Häftling, das wollte der Dichter zweifelsfrei dem Leser nahebringen, hatte keine Möglichkeit gesehen, zu dem Leben *draußen*, also zu dem – wie man so sagt – unter frei lebenden Menschen, eine für ihn erträgliche Einstellung zu finden. Der Dichter bemühte keine Begründungen dafür, er beschrieb den Mann nicht, der dem Tag seiner Freilassung eher verdrossen und unwillig entgegenvegetierte, der Dichter unterstellte: demnächst aus dem Gefängnis entlassen zu werden ist eine lastende Bedrohung.

Ich fragte mich immer wieder, warum. Man wußte von Erfahrungen, die der Dichter mit Eingeschlossenheiten – in seinem eigenen Falle aus gesundheitlichen Gründen – gehabt hatte. Man wußte von seiner flächendeckend negativen Weltsicht, die seinen neueren Hervorbringungen immer entzückter nachgerühmt wurde. Aber dieses von mir während der Dreharbeiten täglich zu besichtigende Leben gleichsam als Lösungsmöglichkeit menschlicher Existenz zu empfehlen ging mir nicht ein.

Nacht für Nacht sah ich diese armen, graugekleideten, manchmal scheu lächelnden Gestalten beim Essenfassen in der Schlange wieder, beim täglichen Kreiseziehen unter einem Himmel. Jedem von ihnen hätte ich eine Freilassung gewünscht, doch konnte ich mich auch nicht im alkoholisierten Halbschlaf dem Argument der Gesellschaft entziehen, sich vor Männern schützen zu müssen, die, wie zum Beispiel der prominenteste der mir aus den Gerichtsseiten bekannten Häftlinge, mit Maurerwerkzeug in kürzester Zeit einige Frauen zerstückelt hatten.
Das grüne Originalkostüm eines Gefängniswärters, das Rasseln des Schlüsselbundes, das Schrittgeräusch in den Treppenhäusern, die Interpretationen echter Wärter der von mir nur akustisch wahrzunehmenden gräßlichsten Vorgänge in Zellen machten mich halb wahnsinnig. Viele Momente, Bilder und Wortwechsel blieben exakt in Erinnerung. Ich werde sie nie notieren. Wenn Menschen vor Voyeuren zu schützen sind, dann die, die alle Chancen verspielt haben, sich selbst vor ihnen schützen zu können.

Die Arbeit an dem Film näherte sich dem Ende. Eine Gruppenszene vom täglichen Rundgang im Hof war noch zu drehen, in der ich mich als Aufpasser in der Mitte des Kreises dem Hauptdarsteller gegenüber angedeutet sadistisch zu verhalten hatte. Die Komparserie dieser Szene bestand wiederum – da war der mit dem Rufe des Meisters behaftete Regisseur unnach-

giebig – aus echten Schwerverbrechern. Es bedurfte einer Genehmigung des Justizministeriums, nebst erhöhtem Einsatz schießbereiter Wachen in den Türmen und in der Nähe des Teams, um die Szene unter diesem Risiko – zum Beispiel einer Geiselnahme – drehen zu dürfen. Wenn mich damals etwas kühl bleiben ließ, dann der feste Vorsatz, den Häftlingen nicht zu zeigen, daß man sich vor ihnen fürchten müßte.
Vor Drehbeginn sprach sich die Sensation herum. Der Dichter hatte seinen Besuch am Drehort angesagt.
Er kam.
Er trug teuerste Jägerkleidung aus den Salons der Herrenreiter, machte einen aufgeräumten Eindruck, gab sich vor dem Team unverkrampft leutselig, fühlte sich wohl. Nichts hätte darauf hindeuten können, die dem Film zugrundeliegende Erzählung sei von diesem Menschen entweder verfaßt oder so gemeint. Die Unvereinbarkeit meines seit Tagen in mir ausgetragenen Kampfes gegen die Faszination der Verlorenheit, des Sichausschließens mit der boulevardesken Jovialität des Dichters brachte mich auf, ließ mich den Mann, wann und wie immer ich nur konnte, beobachten.
So sah ich, wie er sich über den Anblick der Häftlinge aus dem obersten Trakt, deren Überzahl zwischen *Raubmord* und *Sexualmord* einzustufen war, freute. Wie er es genoß, dieses Ballett verspielten Lebens

bewacht, von Kunstproduktion kommandiert und zur Selbstdarstellung mißbraucht zu sehen. Es schien mir beim Dichter an den Rand einer sexuellen Erregung zu gehen, als sich alle im Kreis zu bewegen hatten und ein Wärterdarsteller dazu schrie.
Ich habe nie in meinem Leben einen Menschen gesehen, den die Katastrophe so amüsierte, der die Wehrlosigkeit vor seinem Kunstanspruch gleichsam masturbierend genoß.
Ich hätte damals, wäre ich weiter interessiert gewesen, das Psychogramm des Dichters detaillierter erstellen können. Ich begnügte mich damit, den Dichter seit diesem Tag zu hassen.

Nachwort

Sollte man diesen Bericht, was denkbar wäre, schon in einer Literaturzeitschrift gelesen haben, dann wird einem möglicherweise auffallen, daß ich diesmal darauf verzichtet habe, den Namen des Dichters im letzten Satz auszusprechen, was die Pointe zerstört. Das hat zwei Gründe.
Erstens, Thomas Bernhard ist mittlerweile tot. Also beschreibe ich ihn nur mehr als Symptom, nicht als Person. Und Symptome brauchen keine Eigennamen zu haben.
Zweitens haben mich Kenner künstlerischer und politischer Krankheitsgeschichten darauf aufmerk-

sam gemacht, der Stil des Dichters, Phrasen ständig wiederholend, den seine Bewunderer immer als fließend, daher hochmusikalisch fanden und finden, sei nichts anderes als Ausdruck eines der Wissenschaft bekannten Leidens, das *Logorrhöe* heißt. Die Verwandtschaft zu dem Leiden *Diarrhöe* ist nicht zufällig, auch der des Altgriechischen nicht Kundige schließt richtig, wenn er annimmt, es handelte sich in diesem Fall um das Nichthaltenkönnen der Worte, quasi um eine Sprachbrunzerei in Permanenz.
Nicht unerwähnt sei, bevor ich mit dem folgenden Titel das Erzählen von Geschichten beende und nur mehr vom Erzählen erzähle, der Vorschlag von Freunden, im letzten Satz von *Der Dichter am Drehort* das Wort *hassen* durch das Wort *verachten* zu ersetzen. Ich gebe gerne zu, dieses stimmte natürlich auch.

Keine Themen

Im Winter hatte ich so das Gefühl, demnächst würde mich mein Verleger fragen, ob ich nicht wieder einmal ein paar Geschichten absondern und veröffentlichen möchte. Sieht man so ein Gespräch herannahen, muß man erst einmal durch einige Depressionslöcher durch. Die Beantwortung der Fragen: Wozu? Für wen? Würde dem Weltgeist etwas fehlen? läßt nur einen Schluß zu: keine Zeile. Bin ich mit meinen Überlegungen soweit, hat die Laune wieder eine Chance, in mir hochzukriechen.
Nachdem es dann tatsächlich die Einladung zu einem Gespräch mit dem Verleger gab, nahm ich mir ein weißes Blatt Papier, schrieb obendrauf *Themen* und begann zu überprüfen, ob es einen Geschichtenstau gäbe, ob ich also in einem zu besprechenden Zeitraum tatsächlich in der Lage sein würde, innerhalb eines festzulegenden Umfanges etwas von mir zu geben. Ich begann Stichworte zu notieren.
Jeder, der als junger Mensch hochgestapelt, Leuten gegenübergesessen und ihnen von Projekten erzählt hatte, sich von ihnen hatte sagen lassen: *interessant* und *machen Sie das einmal*, *bieten Sie mir das an*, und dann aus Faulheit oder Unfähigkeit nicht in der Lage gewesen war, dem Projekt eine Ausarbeitung folgen zu lassen, weiß, wie angenehm es ist, mit dem Mate-

rial für ein seriöses Angebot, mit der Sicherheit, ein Ergebnis liefern zu können, in ein Vertragsgespräch zu gehen. Ich halte es daher aus pädagogischen Gründen für unerläßlich, daß junge Menschen einige Male in ihrem Leben hochstapeln, um dieses Schuldgefühl zu durchleiden, um sich ab einem gewissen Zeitpunkt bis zum Ende ihrer Karriere dann davor zu fürchten.

Einige Tage vor dem Gespräch mit dem Verleger war das weiße Blatt voll mit möglichen Themen für Geschichten. Ich sah dem Angebot in Ruhe entgegen. Gespräche mit meinem Verleger finden in guten Lokalen statt. Er hat Freude daran, einem anderen, der auch gerne gut ißt, zu sagen: »Das sollten Sie probieren, das habe ich kürzlich gegessen, da war es hervorragend.« Dann lenkt er das Gespräch auf neue Diätlehren und vergebliche Versuche, sie anzuwenden. Er ist einer der wenigen Männer in meinem Bekanntenkreis, der deutlich fetter ist als ich. Das ist eine angenehme Gesprächsvoraussetzung, man fühlt sich jünger, drahtiger, autorenmäßiger. Darüber hinaus habe ich das Glück, von der nach dem Essen zweitgrößten Leidenschaft des Verlegers etwas zu wissen, von Cartoons. Im Grunde versteht er die Welt nicht, weil sie nicht ständig nur Bücher von Zeichnern publiziert. Das Geschriebene hält er – und wer hat nicht Phasen, in welchen er das bestätigen mag – für dem Gezeichneten nachrangig. Auch befähigt ihn seine Intelligenz, den Arbeitsaufwand für ein

Buch, das weder eine Chance hat, ein Seller zu werden, noch eine Chance, die Feuilletonseiten zur Camouflage der Erfolglosigkeit zu veranlassen, für unbezahlbar zu halten. Daher findet er einen Menschen, der dennoch bereit ist, ein Buch zu schreiben – nun, ich sage es sehr vorsichtig –, sonderbar.

Für sonderbare Menschen hat der Verleger wiederum Verständnis, sie interessieren und amüsieren ihn. Daher leistet er sie sich auch als Arabesken seines Verlagsprogramms, für dessen finanzielle Großerträge andere Autoren zuständig sind.

Mein Verleger und ich aßen und tranken gut, er war Stammgast in diesem Lokal, das er mir zeigte, er lobte die grafische Gestaltung des Umschlags der Speisekarte und ließ sich von mir die Qualität des von ihm gewählten deutschen Weines bestätigen.

Ich habe in Gesprächen, in denen es um meine berufliche Situation geht, nie Probleme zu schwindeln.

Irgendwann begann der Dialog gezwungenermaßen sich auch mit Literatur zu befassen, und wir freuten uns über eine gewisse Übereinstimmung im Urteil. Der Verleger hatte den Roman des *Genies der Saison* schon nach hundert Seiten weggelegt, weil er ihm so fad war, während ich mich rühmen konnte, mich bis knapp über die Mitte durchgekämpft und erst dann aufgegeben zu haben.

»Wollen wir nicht wieder einmal etwas miteinander machen?« fragte der Verleger erwartungsgemäß.

»Ja«, sagte ich, »gerne, ich würde gerne meinem ersten Erzählband einen zweiten nachschicken. Geschichten in der ähnlichen Art.«
Der Verleger buchte: »Das machen wir.«
Mir fiel, als ich anmerkte, der erste Erzählband sei wohl – aus der Sicht des Verlages – eine Bauchlandung gewesen, und der Verleger mir mit Vergleichszahlen widersprach, die Geschichte mit dem Journalisten ein. Ich erzählte sie dem Verleger.
Da hatte ein Journalist mir gesagt: »Sie wollen also mit Ihrem ersten Erzählband beweisen, daß Sie...«
Ich unterbrach: »Lieber Herr Journalist, ich will überhaupt nichts beweisen, über das Alter der Beweise bin ich hinaus, ich hatte eine Laune, verstehen Sie mich, Herr Journalist, es war mir danach, Geschichten zu erzählen, es war mir einfach danach.«
»Das verstehe ich, aber mit diesen Erzählungen wollten Sie doch beweisen, daß Sie erzählen können.«
»Gar nichts will ich beweisen, ich bitte Sie inständig, mir zu glauben, daß ich nichts beweisen will.«
Dann hatten wir sein Band vollgequatscht. Journalisten nehmen immer gerade soviel auf, um mit dem Einkürzen der Antworten hoffnungslos überfordert zu sein.
Als wir uns verabschiedeten, sagte ich zum Journalisten: »Lieber Herr Journalist, was auch immer aus unserem Gespräch wird, bitte schreiben Sie nicht, ich möchte etwas beweisen, denn das wäre falsch.«
Einige Zeit später erschien dann in der angesehenen

Zeitung das Gespräch. Unter dem Titel stand fettgedruckt: »Mit seinem ersten Erzählband... möchte... beweisen –.«
Der Verleger revanchierte sich mit ein paar anderen Episoden aus dem unerschöpflichen Themenbereich *Literaturseiten*, um dann nur mehr von kürzlich erworbenen Karikaturen zu schwärmen.
Wir hatten einen guten Abend.

Während des Frühjahrs war ich in meinem Bühnenberuf unterwegs und freute mich auf den Sommer, auf den Schreibsommer. Ich sah mich, zu einer einigermaßen eingehaltenen fixen Zeit, an der Schreibmaschine sitzen, den Blick vom Haus nach hinten in den Wald, an dessen Rand die erst im Vorjahr gesetzten Birken gute Fortschritte nach oben gemacht haben würden, links von der Schreibmaschine das Blatt Papier mit den Themen. Ich genoß die Vorstellung, rechts von der Schreibmaschine schon einen Stoß beschriebenen Papiers und links, auf der Themenliste, viele ausgestrichene Zeilen zu sehen.
Das wird eine schöne Zeit, dachte ich mir, wieder einmal tippen.
Der Sommer war da. Ich kam zu Hause an, räumte die Ablagerungen des Berufsjahres in die Regale, nahm das viele Male Aufgesagte aus Ledermappen, die mir liebe Menschen geschenkt hatten, und machte eine besonders schöne Ledermappe frei für das, was in diesem Sommer erzählt werden sollte.

Dann kamen die Tage des reinen Urlaubs, des Taumelns zwischen Tennisplatz, Fischerboot, Gesprächen und Räuschen, bis zu jenem Tag, da ich meiner Frau sagte: »Es ist soweit, ich muß nicht, aber ich habe Lust.«
Die Tätigkeit des Schreibens an einem neuen Band mit Geschichten hatte ihre Premiere. Ich inszeniere mir so was, für mich als Publikum: den Gang in das Arbeitszimmer, das Setzen an die Maschine, das Einspannen des Papiers.
Nur, diese Premiere war ein Durchfall erster Ordnung. Das Blatt Papier mit den Themen war weg. Es war einfach nicht da. Ich war überzeugt, es zu Sommerbeginn an einen bestimmten Platz gelegt zu haben, in eine Klarsichtmappe. Dort war es nicht. Es war auch sonst nicht zu finden. In keiner Mappe, in keiner Lade. Es war auch in kein anderes Manuskript hineingerutscht, es war auch nicht unter den Zeitungsausschnitten. Es war weg. Einfach weg.
Die großen Tragödien haben kleinste Anlässe, Existenzängste die läppischsten Begründungen. Da ist ein Blatt Papier nicht aufzufinden, und man weiß sofort, die Liebe ist Lug und Trug, die Natur ein Gaukelspiel, das Leben ein Irrtum. Die universelle Hysterie, die alle Schichten des Körpers und der Seele erfaßt, macht einen als Sozialwesen für die lebende Umgebung nicht mehr zumutbar.
Da hing ich also, die Pest verbreitend, herum und wußte nicht, was ich schreiben sollte. Versuche, sich

an die Themen auf diesem Blatt Papier zu erinnern, quälten und scheiterten. Immer wenn ich meinte, *das* könnte draufgestanden haben, verwarf ich den Einfall wegen Banalität. Da – ich war mir ganz sicher – jedes Thema auf diesem Blatt gut war, konnte keines, das mir jetzt einfiel, draufgestanden haben, denn alles, was mir jetzt einfiel, war schlecht. Ich durchlebte eine schlimme Zeit und schrieb keine Zeile.

Ich dachte an die unvermeidliche herbstliche Begegnung mit dem Verleger und an das Ausmaß der bevorstehenden Blamage. So zwang ich mich an die Schreibmaschine. Der Sommer schenkte mir dankenswerterweise vier Tage Wolkenbruch zum Einstand der Konzentration.

Ich begann zu erzählen, ohne Themen zu haben. Und es machte mir Vergnügen. Das Erzählen wurde mein Thema. Die Geschichten, die Sie, falls Sie das Buch von vorne und bis hierher gelesen haben, jetzt kennen, sind so entstanden. Durch Erzählen ohne Themen. Nun bietet sich die Frage an, ob diese Geschichten, die man erzählt, wenn man keine Themen hat, denn auch wahr sind. Dazu kann ich nur sagen, die Geschichten sind wahr, aber sie stimmen nicht. Und mit dem gleichen Anspruch an Präzision: Sie stimmen, aber sie sind nicht wahr.

In den Schreibpausen, als ich in einen Nußbaum schaute und feststellte, zwei Blätter hätten zueinandergefunden, dachte ich mir, ich könnte auch etwas über diesen Sommer erzählen. Über die Klugheit der

Schleien zum Beispiel. Das müßte man einmal beschreiben, dachte ich mir, wie der Fischer einen bestimmten Platz so lange täglich anfüttert, bis sich einige Schleien, das sind wunderschöne und wohlschmeckende Verwandte der Karpfen, an den Futterplatz gewöhnen und sich dort am nahrhaften Seegrund richtig ansaugen. Beschreiben, wie es dem Fischer dann gelingt, weil er viel Geduld hat, einige dieser Schleien zu fangen, was den anderen Schleien den Platz verdächtig macht. Sie kommen dann zwar immer noch und fressen, tauchen aber sofort ab, wenn sich nur ein Schatten bewegt, eine Schnur in das Wasser eintaucht. Sie entwickeln ein System, einander zu warnen. Ja, das ist so: Wenn jüngere Schleien sich rauschhaft in das Futter eingraben, kommt eine alte Riesenschleie, schwimmt – flachgestellt – eine Inspektionsrunde und drängt die jungen Schleien vom Futterplatz weg, da sie einen Fischer in der Nähe wahrgenommen hat.
Das könnte man schreiben, wie der Fischer an der Intelligenz der Schleien Spaß hat, Spaß, der die Wut über das *Nichtsfangen* aufwiegt. Aber ich schrieb dann etwas ganz anderes.
Das wäre auch ein Thema, dachte ich ein anderes Mal, die Psychologie des Tennisdoppels, die Personenkonstellation, die, vom sportlichen Können ganz abgesehen, soviel über das Zusammenleben der Menschen, über deren Erfolg oder Mißerfolg aussagt. Ich sollte eine dramaturgische Situation erfin-

den, eine erotische Irritation, die Spannungen auslöst. Die daraus entstehende Tragödie oder Komödie innerhalb des Tennisdoppels, vielleicht während des Verlaufes eines einzigen Matches abhandeln. Aber wie kommen der Röntgenologe, der Rechtsanwalt, der Kaffeehausbesitzer mit mir als Viertem eigentlich dazu, sich als Modelle für Literatur mißbrauchen zu lassen, dachte ich mir. Und schrieb etwas ganz anderes.

Auch nicht die Geschichte, wie mir der Besitzer des Karpfenteiches erlaubte, meinen Weihnachtskarpfen für dieses Jahr selbst zu angeln. Dieses Angebot versetzte mich in den Zustand höchster Erregung. Denn ich wußte, die Karpfen dieses Fischteiches hatten nie künstliches Futter bekommen, mußten daher einzigartig schmecken.

Die wahre Geschichte ging so: Am letzten Tag vor meiner Abreise fingen wir lange nichts. Als wir bei Einbruch der Dunkelheit zur deprimierten Aufgabe neigten, biß ein schöner Fisch, den ich selig landete, tötete, ausnahm und beim Waschen dann ins Moorwasser fallen ließ, in das er auf Nimmerwiedersehen verschwand.

Ich kann doch nicht schon wieder was über Karpfen schreiben, dachte ich mir. Schleien, das wäre was Neues gewesen, aber Karpfen? Karpfen war schon da.

Als die Frau des Freundes starb und meine Schwester krank war, schrieb ich tagelang nichts. Da dachte

ich nur über das Sterben nach. Ich las ein paar Gedichte über das Sterben durch, die ich einmal geschrieben hatte, und wollte prüfen, ob sie nicht ganz falsch waren. Dann fielen mir zu der toten Frau des Freundes viele Geschichten ein, die man einmal schreiben könnte. Aber die Trauerzeit für die Literatur hat eine lange zu sein.
Ich schrieb etwas anderes.

Der Herbst war da, und das Geschichtenbuch im besprochenen Umfang fertig.
Dann gefiel mir die Ledermappe nicht mehr. Sie schien mir zu pompös für meine Geschichten. Ich ging zum Wandschrank und nahm mir aus dem Stoß alter leerer Mappen eine rote Plastikmappe. Und aus der fiel das Blatt mit den *Themen*.
An dieser Stelle wäre abermals die Beschreibung der Begründungen für Existenzängste fällig, aber die schenke ich mir. Eher neige ich dazu, über das Amüsement zu berichten, das wir bei Zauberern haben, wenn ein Trick wirklich einmal neu und damit tatsächlich verblüffend ist. Da waren sie also, die Themen, die ich mir im Winter notiert hatte, um den Verleger guten Gewissens um ein Abendessen erleichtern zu können.
Ich nahm das Blatt zwischen zwei Finger, legte es an den Rand meines Schreibtisches und konnte mich lange nicht entscheiden, ob ich es überhaupt noch lesen, ob ich es aufheben oder gleich wegwerfen sollte.

Ich hatte Angst, die Erinnerung an die fulminanten Themen des Winters würde mir die erzählerische Ausbeute des Sommers noch mehr verblassen lassen. Dann siegte die Neugier. Ich las die Themen. Und ich verstand sie nicht. Ich wußte bei keinem einzigen, was ich damit hätte gemeint haben können. *Melanom* stand da, Melanom. Ich hatte einen Freund, der an einem Melanom gestorben war, das war schon richtig. Nur, was wollte ich damit erzählen?
Onkel Kurti stand da, Onkel Kurti. Was sollte das? Über Onkel Kurti gibt es so viele Geschichten, da wüßte ich ja gar nicht, mit welcher beginnen. Eigentlich wäre Onkel Kurti ein Roman, aber warum sollte ich den schreiben?
Dann stand da noch *Kegelklub*. Ich zermarterte mir das Hirn. Was hatte sich für mich mit dem Reizwort Kegelklub verbunden? Ich kam nicht drauf. Im Nebel war da ein intellektueller Freund, dessen Kegelpartie aus ziemlich argen Idioten bestand. Diese Diskrepanz war mir einmal aufgefallen, aber wo war die Geschichte?
Im Winter hatten sich mit allen Begriffen und Kürzeln, die auf diesem Blatt standen, pralle Geschichten verbunden, ich hätte sie dem Verleger wahrscheinlich aus dem Stand erzählen können. Jetzt waren sie weg. Verschwunden. Ausgelöscht von einem halben Jahr Leben, neuen Begegnungen, anderen Erinnerungen und verschobenen Assoziationen.
Ich legte das Blatt in die Andenkenmappe. In fünf

Jahren werde ich es mir noch einmal ansehen, nahm ich mir vor. Vielleicht ist die eine oder andere Geschichte dann wieder da. Man soll, dachte ich mir und meinte mit dem *man* mich, man soll Geschichten erzählen, wenn sie einem einfallen. In dem Moment, in dem man mit jemandem spricht. Wenn man schreibt, soll man sich einen Menschen vorstellen und sich fragen, welche Geschichte würde ich dem jetzt erzählen, damit wir nicht schweigen. Man soll sich nicht vornehmen, irgendwann einmal eine bestimmte Geschichte zu erzählen. Man soll das nicht planen. Man soll die Geschichte erzählen, wenn sie dran ist.

Es könnte sein, daß es den Zettel, das beschriebene Blatt mit den Themen nie gegeben hat. Daß ich ihn erfunden habe, um die Geschichte von den verlorenen Themen schreiben zu können.

Ob das so ist, werde ich nie sagen.